KB073450

생각을
벗 삼아

생각을 벗 삼아

초판 1쇄 인쇄일 2018년 8월 20일
초판 1쇄 발행일 2018년 8월 27일

지은이 권오득
펴낸이 양옥매
디자인 임흥순
교 정 임수연

펴낸곳 도서출판 책과나무
출판등록 제2012-000376
주소 서울특별시 마포구 방울내로 79 이노빌딩 302호
대표전화 02.372.1537 **팩스** 02.372.1538
이메일 booknamu2007@naver.com
홈페이지 www.booknamu.com
ISBN 979-11-5776-598-0 (03810)

이 도서의 국립중앙도서관 출판시도서목록(CIP)은 서지정보유통지원 시스템 홈페이지(http://seoji.nl.go.kr)와 국가자료공동목록시스템 (http://www.nl.go.kr/kolisnet)에서 이용하실 수 있습니다.
(CIP제어번호 : CIP2018024720)

생각을 벗 삼아

권오득 지음

들어가는 글

나는 자주 혼자 술을 마시고 밥을 먹고 영화를 본다. 혼자서 만화책을 보고 사우나를 즐기며 나이트클럽에서 온몸을 땀으로 적시며 춤을 춘다. 나 홀로 길을 달리고 산에 오른다.

나는 생각이 많다. 홀로 산책하면서, 책과 신문을 읽으면서, 달리기와 등산을 할 때도 많은 생각을 한다. 가볍고 쓸데없는 생각부터, 엉뚱한 생각까지 생각거리는 다양하다.

나는 생각하기를 즐긴다. 책이나 신문을 읽으면서, 영화나 드라마를 보면서, 달리거나 산책을 하면서도 타인의 생각에 내 생각을 입히고 비틀고 더하고 가지치기한다. 그리고 생각이 증발되기 전에 떠오르는 생각을 노트해 둔다.

내가 특히 좋아하는 사색의 시간은 걷거나 가볍게 달리기를 할 때다. '걸으면서 사색하기'는 몸과 마음의 건강을 동시에 회복하는 스트레스의 가지치기다. 산책은 걱정을 줄이고 생각의 깊이와 즐거움을 배가시킨다.

누구에게나 최선의 방법은 아니겠지만, 시간 날 때마다 걸어라. 산책하라. 상쾌한 바람과 함께 '고민의 고통'은 날아가고 '해결의 열매'만 남는다. 수도승들은 탁발의식으로 걷기와 운동을 병행함으로써 몸과 마음의 깨어남을 함께 얻는다.

'산책하면서 사색하고, 달리면서 생각한다'는 말은 생각은 머리만의 작용이 아니라는 뜻이며 생각은 내가 가진 모든 것들의 유기적 결합으로 이루어지는 활동이다.

나는 기분이나 상황에 따라 다양한 방법으로 생각에 날개를 달고 무한한 상상의 나래를 펼친다. 이 책은 이런 세상에 대한 독특하면서도 다채로운 생각들을 벗 삼아 깨닫고 떠오른 것들을 정리한 글 모음이다.

2018년 8월

권오득

차례

PART 4

삐딱한 시선으로 세상 보기

PART 5

일상과 이상

PART 6

현실과의 대면

PART 7

선택의 기로에서

PART 1

나와 가족

아버지의 유산

2009년에 아버지가 돌아가셨다. 암 투병 끝에 돌아가신 아버지는 원래 마른 체격이셨지만 임종을 앞두시고는 온몸이 쪼그라들어 기아 상태의 아프리카 난민처럼 보였다.

중학교 이후로 친구 없이 '외톨이 삶'에 익숙해진 나는 대학교에 들어가면서부터 아버지에 대한 이유 없는 반감이 커졌다. 나는 아버지를 미꾸라지처럼 피했고 그런 나를 아버지는 어려워했다. 사이는 서먹해졌고 대화는 끊겼다.

아버지와 혈연으로 이어진 감정의 샘마저 바닥을 드러내자 내 마음은 더욱 건조해져갔다. 아버지가 암에 걸렸다는 말을 들었을 때도, 병원에서 암과 투병 중일 때도, 그리고 임종의 자리에서도 나는 건조한 눈으로 아버지를 바라보았다. 장례식장에서도 울지 않았다. 스스로도 감정의 우물이 말라버린 차가운 인간이 된 것은 아닌가 생각했다.

'내 마음 나도 모른다'는 노래가사처럼 아버지가 돌아가시고 오랜 시간이 지난 지금은 아버지를 떠올리면 나도 모르게 눈시울이 젖는다. 돌아가신 아버지에 대해 말라버렸다고 생각했던 감정의 샘은 바닥을 가르고 분수처럼 솟구쳤다.

죽음 앞에서도 담담했는데, 어느 날 불현듯 찾아오는 그리움에 가슴이 먹먹하고 왈칵 눈물이 난다. 이제는 알 것 같다. 진짜 슬픔은 슬픔의 흔적이 희미해져 보이지 않을 때에, 불청객처럼 불현듯 찾아온다는 것을.

나는 아버지와 죽을 때까지 화해하지 못했다. 병원에 입원해 있을 때 식구들이 교대로 자리를 지켰는데 아버지는 불편했을 기저귀를 나에게 부탁하는 게 어려워 다음날 찾아온 여동생에게 갈아달라고 했다. 아버지가 돌아가시고 난 뒤에도 자식에게 할 말조차 못하신 나약함과 우유부단함에 관계가 서먹해진 것이라고 내 행동을 합리화했다.

먼 시간을 돌아 젊은 시절에 집안 집기를 부수면서 아버지에게 대드는 나를 멍하니 바라보면서 한없이 무기력해 보이던 그때의 아버지 나이가 되었다. 아버지의 슬픈 자화상을 거울 속에 비친 내 얼굴에서 본다. 그 순간 왠지 모를 슬픔이 사무치게 밀려왔고 그리움이 뼛속까지 스며들었다.

젊은 시절 이유 없이 아버지의 나약함을 경멸했던 나는 나이가 들어가면서 목소리와 걸음걸이, 성격조차 아버지를 붕어빵처럼 닮아간다. 어리석게도 오랜 세월을 돌아 행패 부리던 나를 바라보던 아버지 나이에 이르러서야 아버지에게 미안한 마음이 고개를 들었다. 그러고는 좀더 좋은 아들이 되지 못한 내 행동을 후회했다. 아버지가 내 앞에 환영처럼 나타나 준다면 나는 아버지에게 '제가 잘못했다'고 '아버지가 미치도록 보고 싶었다'고 울부짖으며 안기고 싶다. 돌아가신 아버지에게 좋은 아들로 살지 못했지만, 내 아들에게는 좋은 아빠가 되고 싶다. 돌아가신 아버지를 위해서라도.

아들과
아빠 사이

●

○

아버지가 돌아가실 때까지 화해하지 못한 죄책감이 컸기에 나는 아들과 좋은 관계를 맺기 위해 노력했다. 이런 노력 덕분에 아들과는 사이가 좋다, 함께 책을 읽고, 운동하고, 다양한 주제를 가지고 대화도 한다. 지금도 길거리에서 손잡고 걷고, 자주 안고 뽀뽀 하는 등 과하다 싶을 정도의 스킨십을 하고, 닭살 돋는다는 말을 들을 정도로 '사랑한다'란 말을 수시로 주고받는다. 물론 진심과 의도적인 노력이 뒤범벅된 나의 행동이 항상 긍정적인 결과를 가져오지는 않았다. 때때로 쑥스러움과 어색함도 삐져나왔지만 함께하는 시간이 길어질수록 편안한 관계로 발전되었다.

어느 날 아들이 아버지를 존경한다고 했다. 매일 운동하면서 자기관리하고, 책을 가까이 하고, 글 쓰는 나를 보면서 아버지처럼 성실하게 살고 싶단다. 이 말에 내 가슴이 먹먹해졌다. 아울러 친구가 없는 아버지를 보면서 대인관계의 소중함을 알게 되었다는 말조차도 반갑고 고마웠다. 하지만 좋은 일만 이어지는 관계는 존재하지 않기에 아들과의 갈등은 예정된 일이었다.

아들이 서울대 경제학부에 입학했을 때, 나는 하늘을 나는 기분이었다. 그러나 그 기쁨은 오래가지 않았다. 처음에는 신입생이니까 그럴 수 있다고 대수롭게 않게 생각했지만 시간이 갈수록 공부와는 담을 쌓고 일 년을 연애만 하며 허송세월을 보내는 듯해 아들의 장래가 걱정되었다. 군에 갔다 오면 마음을 다잡고 공부에 집중할 수 있을 것 같아 반강제적으로 어학병 시험을 보게 해서 군대에 보냈다.

후회되는 일 중의 하나다. 아들은 군생활을 힘들게 했다. 나는 아들이 군에 있는 동안 거의 매일 블로그를 통해 글을 주고받았다. 아래는 힘든 군대생활을 보내고 있던 아들에게 그만 칭얼거리고 군 생활을 잘 했으면 좋겠다는 글에 아들이 답한 글이다.

> "군대 문제에 대해서는 저도 대학에 입학할 때부터 계속 고민해왔습니다. 가만히 저를 놔두었으면 제가 알아서 갔을 것입니다. 제가 원하는 시기에 원하는 방식으로 제가 알아서

갔을 겁니다. 제가 갈 준비가 됐다고 스스로 판단했을 때 알아서 갔을 겁니다. 애초에 어학병 1차 신청을 아빠 마음대로 했을 때도 저는 가기 싫다고, 아직 준비가 되지 않았다는 의사를 꽤나 분명히 했던 것으로 기억합니다.

당연히 1차는 합격했고 1차가 된 김에 그냥 2차 시험까지 가라고 했던 아빠의 모습이 생각납니다. 제 기억이 왜곡된 건지 아빠의 기억이 왜곡된 건지는 모르겠습니다. 하지만 최소한 제가 기억하는 아빠는 꽤나 강압적이고 단호하게 자신의 의지를 관철하려는 모습이었습니다. 당시 저는 아빠의 뜻을 따랐습니다. 지금 와서 생각해보면 왜 그랬는지 모르겠습니다. 그때 반항을 했어야 됐는데. 그때 단호하게 싫다고 했어야 됐는데. 그때는 아빠 말을 잘 들어야겠다는 생각이 무의식적으로 있었나봅니다.

그때까지도 대학생활을 더 즐기고 전 여자친구와의 어긋난 관계를 회복할 수 있을 거라 생각했는데 입대 시점이 급작스럽게 앞당겨져 이번 학기가 마지막이라 생각하니 마음이 불안해진 것 같습니다. 그때 이후로 저는 아직까지도 제가 완벽하게 이해할 수 없는 어리석은 판단들을 계속 내렸습니다.

그리고 자업자득이라고 군에 입대하자마자 그 대가를 치러야했습니다. 그때 이후로는 아빠가 아는 그대로입니다. 나는 사랑도 잃고 친구도 잃고 자신감도 잃고 건강도 잃고 내가 믿어왔던 가치들, 나를 지탱해왔던 대부분을 잃었습니다. 딱 1년만 아니 6개월만 그때 밖에 있었다면, 내 인생에서 정말 중요한 선택들을 해야 했던 그 2016년 초에 내게 조금만 더 시간적 여유가 있었다면, 어떤 형태로든 문제를 해결할 수는 있었을 텐데. 무기력하게 군대에서 내 인생이 무너져가는 걸 보지는 않아도 됐을 텐데. 뭔가는 할 수 있었을 텐데.

저는 니체가 한 그 말을 믿지 않습니다. What doesn't kill you makes you stronger. 차라리 '다크 나이트'에서 조커가 한 그 말을 더 믿습니다. I believe whatever doesn't kill you, simply makes you stranger. 2015년 11월부터 지금까지 약 1년 6개월 동안 저는 꽤나 많이 이상해진 것 같습니다. 누구나 그 정도 시련은 겪는다고, 그 시련을 극복 못하는 것은 결국 다 개인 탓이라고 하면 저는 할 말이 없습니다.

아빠가 원망스럽습니다. 아빠가 생각하는 것보다 훨씬 더 많이. 지금 와서 이런 생각을 해봤자 의미 없는 걸 잘 알지만 이런 생각이 계속 드는 걸 막을 수는 없습니다. 당시 내 인생에서 가장 중요한 선택의 순간에 지나칠 정도로 강하게 의견을 피력했던 그 모습이 원망스럽습니다. 언젠가는 이 시기를 두고, '그럴 때도 있었지'라고 회고할 수 있는 그런 시기가 올 거라고 믿지만 그 전까지는 아빠가 참 많이 원망스러울 것 같습니다. 이 내용을 글로 쓰기 전까지 참 많이 망설였습니다. 근데 오늘 그냥 갑자기 쓰고 싶었습니다."

답글을 받고 나는 충격을 받았다. 나는 아들의 의사를 무시하고 반강제적으로 군대에 보낸 것을 사과했지만 그때는 근본적 문제가 뭔지 잘 몰랐다. 시간이 지난 뒤에 깨달았다. 나는 아들에게 하고 싶은 말만 했고, 아들은 마음 깊은 곳에 자리잡고 있는 응어리를 드러내지 않은 채 답글을 썼다. 나는 아들에게 가졌던 서운함을 숨겼고, 아들은 나에게 가졌던 분노와 실망을 감췄다.

이로 인해 생긴 불화로 나는 깨달았다. 아들이 갈 길을 스스로 결정할 때까지 기다려 주는 것이 성급하게 간섭하는 것보다 부자간의 신뢰관계를 돈독히 할 수 있다는 것을.

아들의 군복무 기간 중 "블로그를 통한 글의 주고받음은 과연 무엇을, 누구를 위한 것이었나"라는 의구심을 가지기도 했지만 오랜 시간 오고간 대화는 나와 아들이 서로를 이해하고, 새로운 관계를 맺어가는 데 소중한 바탕으로 작용하였다.

내
이야기

•
○

첫 번째 에피소드, 포레스트 권權프

나는 몇 명의 회사동료를 제외하면 가깝게 지내는 친구가 없다. 나는 어렸을 때부터 남들과 잘 어울리지 않았다. 또 특징 없는 성격 때문에 별명은 이름에서 따온 '칠득이' 또는 '만득이'였다.

1994년, 아이큐 75인 남자의 인생을 다룬 영화 〈포레스트 검프〉가 개봉됐다. 주인공은 조금 모자라지만 뛰어난 달리기 실력 때문에 미식축구로 대학에 입학하고, 군대에서 동료들을 구해내기도 했다. 톰 행크스의 연기와 스토리가 잘 버무려진 영화로 호평 받았다. 나는 이 영화 장면 중 대륙을 횡단하며 밥을 먹고, 자고, 또 계속 달려가는 장면을 특히 좋아했다.

나는 1992년 1월에 한국가스공사에 입사해서 그해 가을 체육대회 단축마라톤에서 우승했다. 그 이후로 나는 '달리기 잘하는 놈'이라는 이미지가 따라 다녔는데 누군가가 영화 제목을 비틀어 나를 '포레스트 권權프'라고 불렀다. 내가 들어본 별명 중에 가장 맘에 들었다.

2013년 겨울은 마라톤이 취미인 나에겐 가슴 부푼 계절이었다. 기록을 크게 의식하지 않고 참가한 중앙마라톤과 손기정마라톤에서 3시간 13분대를 뛰었다. 동계훈련을 제대로 하면 2014년 3월 동아마라톤에서 내 마라톤 인생의 꿈인 써브-3(3시간 이내 완주)를 달성할 자신이 있었다. 4개월 동안 매일 새벽 4시에 일어나 숨이 넘어갈 것 같은 고통을 참으면서 한 달에 350킬로 이상을 뛰면서 훈련을 했지만, 이미 젊지 않은 몸은 견뎌주지 못했고, 부상과 치료의 반복 속에서 참가한 동아마라톤에서 나는 한 번도 한 적이 없는 중도 포기를 했다.

마지막 서브-3 기회라 생각하고 모든 것을 쏟아부었기에 잠실종합운동장으로 걸어 들어가면서 흐르는 눈물을 주체할 수가 없었고, 줄에서 세 번째 떨어진 광대만큼 슬펐고, 숨이 막힐 정도로 밀려오는 공허감은 말할 수 없이 컸다. 시간이 지나고 마음이 안정되자 직장인 몸짱 대회인 '맨즈헬쓰 쿨가이 선발대회'가 눈에 들어왔다. 당시 마라톤으로 자연스럽게 몸의 군살이 제거된 상태였기에 참가신청을 했고 나름대로 열심히 준비했다.

1차 서류심사와 2차 최종면접을 거쳐 최종 24명의 쿨가이에 선발되었을 때는 주체할 수 없을 만큼 가슴 벅차고 기뻤다. 삼성동 인터콘티넨탈 호텔 컨벤션 센터에서 1,500명이 넘는 관람객 앞에서 자기소개를 할 때는 하늘을 나는 듯했다.

삶의 모든 순간에 빛과 그림자가 공존한다. 그림자 없는 삶은 존재하지 않기에 어쩌면 인생은 모든 순간이 새옹지마塞翁之馬라 생각한다. 산타클로스를 믿는 아이가 크리스마스 선물을 기다리는 것처럼, 나는 오늘도 설레는 마음으로 어떤 멋진 삶이 펼쳐질지 모르는 파노라마 인생을 산다.

두 번째 에피소드, 나의 술&도박 탈출기

돌아가신 아버지는 술이 세지 않았지만 술을 좋아하셨다. '부전자전'이라고 나 역시 술이 강하지 않지만 술을 좋아한다. 내가 담배를 끊은 것은 10년이 넘었지만, 술과 도박을 멀리한 것은 오래되지 않았다. 도박은 결혼 전에 우연히 아는 선배와 과천경마장에 놀러갔던 것이 시작이었다. 그 후로 오랫동안 경마장 가는 길로 '고스톱(GO-STOP)' 수없이 반복하다가 어느 순간 발길을 끊었다. 술(대부분 혼술)을 최소한도로 절제하기 시작한 것은 채 몇 개월이 지나지 않은 최근의 일이다.

내가 어떤 이유로 술에 대한 의존과 도박으로부터 벗어나게 됐는지 분명하게 말하기는 어렵다. 어느 날, 하늘이 내려 준 선

°₀ 생각을 벗 삼아

물처럼 찾아왔다. 면벽 수행하는 수도승의 깨달음처럼 어느 순간에 더 이상 술을 그리워하는 마음이 생기지 않았고, '경마, 경륜' 등 도박에 집착하는 마음이 사라졌다.

차분하게 앉아서 그 이유를 생각해 보았다. 첫 번째 이유는 때가 된 것이다. 그동안 수없이 결심하고 무너지는 과정 속에서 스스로에 대한 실망과 자책을 반복하면서도 술과 도박으로부터 탈출하고자 하는 의지의 끈을 놓지 않았다. 이런 인내의 시간과 축적된 시행착오 경험이 술과 도박에 대해 넌덜머리나는 싫증으로 이어지지 않았나 생각한다.

두 번째는 수면장애다. 나는 수면장애로 고통 받고 있다. 그래서 가장 부러운 사람이 꿀잠을 자는 사람이다. 예민한 성격 탓인지 스트레스나 걱정거리가 있으면 가끔씩 밤을 하얗게 지새운다. 정신과 의사에게 몇 차례 상담도 받았는데 근본적인 치료가 어렵다는 말을 들었다. 술은 끊고 최대한 스트레스를 줄이면서 수면에 적합한 습관을 가져야 한다고 했다. 특히 술은 수면장애가 있는 나에게 '불에 기름을 부은 것'처럼 상황을 악화시켰다. 술을 마시면 나는 숙취와 두통을 끌어안고 밤새도록 뒤척이면서 잠을 이루지 못한다. 결국 다음날은 '멍 때림' 속에서 하루를 보낸다.

저녁에 운동으로 몸을 고단하게 하면 수면장애가 극복되었다. 이처럼 잠은 나에게 '생존 그 자체'가 되었다. 따라서 강렬한 수면욕망이 술을 탐하는 마음을 밀어낸 거라고 본다.

세 번째는 가족이다. 나는 '방귀대장 뿡뿡이'와 필적할 만큼 방귀를 많이 뀐다. 하지만 아내는 같은 침대에 누워 잠을 자면서도 내 방귀를 탓한 적이 한 번도 없다. 언제나 나를 응원하고 이해하고 사랑해 주는 착하고 예쁜 아내와 그런 아내를 닮아 선한 본성을 지닌 아들은 술과 도박의 집착에서 나를 벗어나게 한 큰 힘이 되었다.

마지막으로 내 몸에 대한 사랑이다. 2014년 6월에 나간 '쿨가이 선발대회'에서 한 자기소개 멘트 중 하나가 "50대에도 28인치 청바지가 잘 어울리는 남자"였다. 나는 60대에도 28인치 청바지를 입고 싶다. 그런 꿈에 가장 큰 적이 술과 도박이다. 이것이 무엇보다도 나를 술과 도박에서 벗어나게 한 가장 큰 원동력이라 생각한다.

세 번째 에피소드, '내가 좋아하는 것'

도서관이나 카페에서 아들과 공부하기, 노견이 된 '샛별이'와의 장난질, 주말 아침에 재활용쓰레기를 버린 후에 파리바게뜨에서 사온 커피와 빵, 샐러드를 잠이 덜 깬 아내와 머리에 새집을 짓고 앉은 아들과 같이 먹기, 새벽에 일어나 읽은 책에서 마음에 남는 글에 그은 밑줄, 술술 잘 써지는 볼펜으로 떠오르는 단상에 대한 글쓰기, 주말 등산할 때와 달릴 때 흐르는 기분 좋은 땀 그리고 목욕, 활기 넘치는 시장의 시끄러움, 해질녘 여름 석양이 드리운 시장 좌판 위의 우뭇가사리 콩국, 가족과 함께하는 치맥, 어머니, 장모님과 함께하는 가족 패키지여행, 내 일상을 지켜주는 것들은 이처럼 단순하고 소박하다. 이것들은 어딘가에 숨어 있다가 나타나, 내 팍팍한 일상에 더운 여름날 한 줄기 단비처럼 나를 적신다.

나의 어머니

어머니는 40년 생으로 한국전쟁 중에 초등학교를 중퇴했다. 내가 본 어머니는 여걸女傑이다. 크고 우렁찬 목소리와 유연하고 거침없는 말솜씨, 치밀한 두뇌회전, 씩씩하고 저돌적인 성격과 빠른 의사결정은 대학교육을 받았다면 좋은 쪽이든 나쁜 쪽이든 한 시대를 뒤흔들었을 것이다.

재산은 없지만 성실하고 잘생긴 아버지에게 반해 가난한 결혼생활을 시작한 어머니는 그 시대 대부분의 사람들의 그랬던 것처럼 억척스럽게 살아오셨다. 시집온 이후로 막노동과 장사에서 벗어난 적이 없었던 엄마가 어린 나를 업고서 새우젓 장사를 할 때, 나는 등 뒤에서 '새우젓 사요'라고 엄마의 외침을 따라 했다고 한다. 너무 어릴 때라 기억은 없다.

어머니는 한 평생 막노동과 청소를 했다. 두 무릎을 수술한 뒤로는 어쩔 수 없이 힘든 노동을 그만 두었지만 유전자처럼 몸에 박힌 노동습관은 여든 살이 된 지금도 운 좋게 공원 등에서 담배꽁초를 줍는 '어르신 근로사업'을 하게 됐다고 어린아이처럼 좋아하신다. 어머니는 지나칠 정도로 자신의 손 안에 들어온 것을 내려놓지 않으시는데 이는 노동으로 점철點綴된 삶 속에서 자연스럽게 형성된 습관이라 짐작한다.

손해보는 일을 죽기보다 싫어하고, 말씀하시는 걸 좋아하시는 어머니가 전해 주신 일화 중 가장 기억나는 건, 둔촌주공아파트 단지에서 청소반장을 할 때다. 어머니 말에 의하면 그 큰 단지의 부녀회장, 관리소장도 어머니 말에 꼼짝 못했다고 한다. 엄마는 몸싸움에서도 물러서지 않았고, 할 말은 거침없이 했다. 맡은 일은 똑 부러지게 하는 책임감에서 나온 자신감이라 생각한다.

어머니는 이처럼 "닭다리를 챙겨라."라는 말을 일상 속에서 실천하면서 살아오셨다. 당한 만큼 돌려주었으며, 억울한 일은 참지 못했다. 나는 그런 면이 어머니의 장점이라 생각한다. 자신의 닭다리를 악착같이 챙기는 만큼 옆 사람의 닭다리를 욕심내지 않았고, 타인의 것을 탐하지도 않았다.

이런 어머니도 자식들에게만은 예외였다. 자식들에게는 자신의 닭다리까지 주면서 나중에라도 자신의 진심과 베풂을 알아

줄 것이라고 믿었다. 하지만 자식들이 어머니의 희생을 제대로 알아주지 않기에 마음에 상처를 받고, 때로는 자식들을 원망하셨다.

어머니는 젊을 때 너무 무릎을 혹사시켜 60대 중반에 양쪽 무릎 인공관절 수술을 했고, 다리근력 강화를 위해 수영을 시작했다. 독학으로 배웠지만 놀랍게도 어머니가 사시는 지역 노인 중에서 가장 수영을 잘한다고 한다. 숨은 고수가 많겠지만 아마 전국에서도 비슷한 연배에서는 손꼽히는 수영실력자가 아닐까 싶다.

그런 어머니에게 내가 붙여 준 별명은 인어다. 어머니는 물속에서 20바퀴를 쉬지 않고 돈다. 수영은 생각보다 쉽지 않은 운동이어서 사오십대 중장년들도 몇 바퀴를 돌면 쉰다. 나이 때문에 아무래도 속도가 느린지라 상급라인 사람들에게 피해를 줄까봐 "걸리적거리면 나갈게요"라고 말하자, 50대 아저씨가 "아닙니다. 어르신이 저희보다 더 잘하십니다"라고 따뜻하게 답했다고 깨알 자랑을 하신다. 아직까지 어머니의 무릎이 괜찮은 건 수영 덕분이다.

최근에 아내와 산책을 하다가 전화를 받았는데 어머니 목소리가 들떠 있었다. 'KBS 전국노래자랑'과 비슷한 규모의 노래자랑에 우연히 참가했는데 방청객도 수백 명이고 무대가 너무 근사하게 세팅이 되어 있어서 담대한 어머니도 오줌을 살짝 지릴

만큼 긴장했다고 한다.

하지만 막상 무대에 올라서니 하나도 떨리지 않더란다. 노래를 하고 내려오자 사람들이 잘했다고 엄지를 치켜올렸고, 부상으로 전자레인지까지 받았다고 한다. 어머니에게 건강을 선물하는 수영과 함께 기쁨을 안겨주는 목록에 '노래자랑 대회 참가하기'가 추가되어 너무 좋다. 일상의 즐거움을 누릴 줄 아는 어머니가 멋지고 자랑스럽다. 어머니가 지금처럼 건강하게 오래 사시길 바란다.

나는 어머니가 여생을 자신의 행복과 즐거움을 위해서만 사셨으면 좋겠다. 그것이 가족의 화목을 위한 길이라고 믿는다.

아내
이야기

첫 번째 에피소드, 비비안 리와 신혜선을 닮은 여자

나는 나보다 기가 센 여자와는 살고 싶지 않다. 나는 농반진반弄半眞半으로 꽃 같은 여자와 살고 싶고, 불꽃같은 여성과 일하고 싶다고 말한다. 사실 방점은 꽃 같은 여자다. 나에게 아내는 예쁘다. 같이 산 지 이십여 년이 지났고, 오십을 바라보는 나이임에도 얼굴을 바라보고 있으면 내 입가에 웃음이 돈다. 나에게만은 아내는 여전히 미인이다.

나는 아내가 '바람과 함께 사라지다'의 여주인공 비비안 리를 닮은 것 같은데 최근에 아들은 엄마가 주말드라마 '황금빛 내 인생'의 여주인공인 신혜선을 닮았다고 한다. 아내는 키는 크지 않지만 몸의 비율이 좋아 옷맵시가 난다. 하지만 아내의 최대매력은 목소리다. 나 역시 독특하고 매력적인 목소리를 가지고 있지만 아내에게 미치지 못한다. 역사를 좋아하는 아내는 가끔씩 산책길이나 거실에서 책을 읽다가 역사 얘기를 들려준다. 나는 아내 목소리에 홀려 즐겁게 얘기를 듣는다.

두 번째 에피소드, 호텔에서 청소를 한 유일한 투숙객

아내와 어머님, 장모님을 모시고 긴 유럽 패키지여행 중 있었던 일이다, 호텔도착부터 호텔이 후지다고 불평하던 아내였다. 로마 인근 허름하고 낡은 호텔에서 두 번째 맞이한 아침이었다. 그날 아침에 아내가 정말 화가 났다. 창문으로 쏟아진 햇빛에 폴폴 날리는 먼지가 그 흉측한 모습을 선명하게 드러내는 것을 보고 온몸으로 일어섰다. 그러고 나서 아침에 샤워를 하면서 사용한 타월을 가지고 룸 바닥 청소를 했다. 정말 열심히 했다. 나는 아내에게 말했다. "역사 이래 당신이 호텔에서 팔을 걷어붙이고 청소를 한 유일한 투숙객일 것"이라고. 그녀는 '달콤씁쌀한(bitter-sweet)'미소를 지었다.

세 번째 에피소드, 밝은 모습이 사랑스러운 여자

우리는 주말부부다. 금요일 저녁, 올라오는 길에 배가 고파 양평 해장국 집에서 우곱창 한 그릇을 먹고 집에 왔을 때의 일이다. TV를 보고 우리집 반려견인 '샛별이'와 놀다가 눈꺼풀이 무거워져서 잘려고 누웠는데 잠이 오지 않았다. 12시가 다 되어 아내가 돌아왔다. 아들 학교 모임에서 알던 학부모들과 즐거운 시간을 보낸 모양이다. 잠시나마 예전으로 돌아간 시계바늘이 기분을 상승시켰다고 했다.

늦은 저녁까지 맥주 300cc 정도만 마시고도 저렇게 즐거울 수 있을까? 남자들은 술 없이는 왜 저렇게 즐겁게 대화하고 웃고 떠들 수 없는 걸까? 아내의 밝은 모습이 사랑스럽다.

술기운 때문이었을 것이다. 아내는 말했다. "당신이 죽는 날 같이 죽을 수 있으면 좋겠다"고 그런 닭살 돋는 말을 아내에게서 들을 수 있는 남편이 얼마나 될까? 가슴 뿌듯하다. 하지만 최근엔 그런 말을 하지 않는다. 아내 마음이 바뀐 것 같다.

네 번째 에피소드, 값비싼 수업료가 전해준 선물

아내와 나는 빚지는 것을 싫어하지만 재테크에도 큰 관심을 갖지 않고 살아왔다. 그러면서도 맞벌이에 걸맞은 재산을 가지고 있으나 인간의 본성인 탐욕은 우리 부부를 피해가지 않았다. 지금은 승진했지만 아내는 꽤 오랫동안 승진문제 등으로 인해 스트레스가 많았다. 나는 안쓰러운 마음으로 그런 모습을 옆에서 지켜보았다. 가끔씩 힘든 나날이 이어지고 나면 아내는 직장을 그만 다니고 싶다는 말을 했다.

그런 생각과 결합되어 아내는 직장을 그만 두게 될 경우에 안정적인 수입원이 될 수 있는 상가에 관심을 가졌고, 나도 흔쾌히 동의했다. 그리고 덜컥 큰 금액을 지불하고 상가를 샀다. 빚이 대부분이다. 상황이 안 좋은 방향으로 급변했다. 인생사 새옹지마塞翁之馬 이기에 긴 인내의 시간을 가지면 상황이 좋은 쪽으로 바뀔 것이라 생각하지만 나와 아내는 성급한 마음에 투자를 잘못했다는 것을 인정했다.

처음엔 상가에 대해 말을 끼낸 아내에 대한 원망의 마음이 들었다. 지금의 재산을 갖게 된 것도 다 아내 덕인데 그런 생각을 하다니. 여태까지 아내에게 한 말이나 행동은 모두 거짓이었고, 세상에서 가장 못나고 찌질하며 이기적인 인간이 된 것처럼 부끄러웠다. 아내에게 고백하고 사과했다. 그런 마음이 생겨서 미안하다고. 그러자 아내가 오히려 따뜻한 말로 나를 위로했다. 비싼 수업료를 내고 알게 되었다. 내가 얼굴만 예쁜 게 아니라 맑고 선한 마음을 가진 여자와 산다는 것을. 모든 관계처럼 부부간의 신뢰도 힘든 상황이 벌어지고 난 후에 어떻게 대응하고 극복해 가느냐가 가장 중요하다는 것을.

PART 2

즐거운
세상

달콤한 인생,
즐거운 인생

휴먼 다큐 프로그램에 '달콤한 인생'이라는 주제로 아름답게 부부생활을 해 온 늙은 부부가 나왔다. 21살에 결혼해 81살 되신 할머니는 한글학교에 다니는 지금이 인생에서 가장 즐거운 때라고 한다. 가방을 들고 학교에 갈 때는 소풍가는 어린아이처럼 들뜬다고 한다. 한글을 익혀 100세가 되기 전에 자신이 살아온 인생을 책으로 쓰고 싶다는 그 할머니의 꿈이 꼭 이루어지기를 간절히 바란다.

'코코넛슈가'는 화학물질이 들어있지 않아 몸에 좋은 단맛이라고 한다. 최근에 베트남에서 말린 코코넛을 과하게 먹고 탈이 났다. 그리고 세상에 몸에 좋은 단맛이란 없다고 믿었다. 단 것은 과하게 먹으면 무조건 나쁘다고. 편견이었다. 달콤한 음식이 몸을 망치기도 하지만, 적당히 절제만 한다면 사람을 살리기도 한다. 나는 일상에서 '달콤함'보다는 '즐거움'을 추구해야 한다고 생각했다. 오만이었다. '달콤함'이 즐거움을 사라지게도 하지만, '즐거움'을 배가시키기도 한다.

이병헌 주연의 〈달콤한 인생〉이란 영화 속에서 나온 대사다. 어느 깊은 가을밤, 잠에서 깨어난 제자가 울고 있었다. 그 모습을 본 스승이 기이하게 여겨 제자에게 물었다. "무시운 꿈을 꾸었느냐?" "아닙니다." "슬픈 꿈을 꾸었느냐?" "아닙니다. 달콤한 꿈을 꾸었습니다." "그런데 왜 그리 슬피 우느냐?" 제자는 흐르는 눈물을 닦아내며 나지막이 말했다. "그 꿈은 이루어질 수 없기 때문입니다."

현실에서는 '이루어질 수 있는 꿈'이라면 달콤한 꿈이든 즐거운 꿈이든 다 꾸어라. 달콤함이 인생을 풍부하고 즐겁게 할 수 있다면 '달콤한 인생'이 곧 '즐거운 인생'이다.

운동의 법칙, 몸의 법칙

'오디세이'의 영웅 오디세우스는 트로이 전쟁에서 승리한 뒤 바다 요정 세이렌의 노랫소리에 끌려 돌로 변하는 치명적인 유혹을 이겨내기 위해 부하들에게 자신을 돛대에 묶으라고 한다.

그림자처럼 따라다니는 유혹과 악마의 꼬드김에 무너지는 것을 원천봉쇄하기 위해 오디세우스가 자신을 돛대에 묶었듯이, 피트니스센터나 수영장 1년 등록 등 돈으로 자신의 나약한 의지를 붙들어 매는 얄팍한 계산도 필요하다.

하지만 운동의 지속은 이를 넘어설 수 있는 강한 의지가 있어야 한다. 운동을 하지 못하는 핑계거리는 많다. 봄의 나른함, 여름의 무더위, 가을의 쓸쓸함, 겨울의 추위 등 일 년 내내 단 하루도 운동을 못하는 이유가 없는 날은 없다.

나에게 운동은 생각과 불가분의 관계가 있다. 운동은 신체활동 뿐만 아니라 몰입을 통한 여유를 갖는 것이고, 정신적 여백의 확장을 통한 창조적 사고의 지평을 넓혀준다.

달리기는 달리면서 생각하는 것이고, 생각하면서 달리는 것이다. 성찰과 행동의 '정반합正反合'이다. 나는 이 모든 것의 출발점이 운동이라 생각하기에 운동을 평생의 동반자로 삼고자 한다.

운동의 법칙과 몸의 법칙은 밀접한 관계가 있다. 몸의 기억은 정직하다. 몸의 기억은 왜곡도 배신도 모른다. 세상에서 가장 정직한 것이 땀으로 쌓아올린 '몸의 기억'이다

새해가 되면 가장 많이 하는 결심이 다이어트다. 건강하고 멋진 몸은 '인간의 원초적 로망'이다. 하지만 다이어트 성공은 로또 당첨처럼 드물다. 그때 마음속으로 읊조린다. "머뭇거리다. 영원히 머물러 버렸네. 그때 한 발만 먼저 움직였다면."

사람이라면 누구나 거울을 본다. 자신의 벗은 몸을 본다. 벗은 몸에서 가장 먼저 눈에 들어오는 것이 배다. 그래서 근육질의 미끈하고 탄력 있는 복부는 모든 사람의 선망이다.

그리스나 로마의 조각상도 마찬가지다. 다비드상도, 헤라클레스상도 모두 아름다운 복부를 드러낸다. 시원한 가을바람에 웃지 않을 사람이 없듯이. 거울에 비친 멋지고 탄력 있는 자신의 복근을 보고 얼굴에 웃음을 담지 않을 사람이 있겠는가.

내가 가장 두려워하는 건, 늘어진 뱃살이 편안하게 느껴지는 것이다. 중년에 뱃살이 늘어지고 탄력을 잃어 삼겹, 오겹으로 접혀도 불편하지 않게 느껴질 때, 일상은 팽팽한 긴장감을 잃음과 동시에 독보다 빠르게 건강은 파괴된다.

운동으로 다져진 강한 복근은 허리를 똑바로 세우게 만들고 이는 허벅지와 엉덩이 힘을 좋아지게 한다. 오리궁둥이치고 허리 아픈 사람을 본 적이 없다.

예전엔 '오리궁둥이'란 별명이 조롱으로 인식된 적도 있었다. 하지만 이젠 시대가 변했다. 허벅지와 엉덩이 즉 하체가 건강해지면, 척추를 지탱해주는 상체 근육인 복근과 등 근육이 좋아지는 선순환이 이루어진다. 따라서 엉덩이가 섹시하고 탄탄한 사람은 허리가 건강할 뿐 아니라 균형 잡힌 몸매를 유지할 수 있다. 오리궁둥이나 사과궁둥이란 말은 이젠 칭찬을 넘어 찬사다. 튼튼한 허벅지에 사과궁둥이를 가진 자들의 전성시대가 도래했다.

그런데 운동을 할 때 지켜야 할 것이 있다. 목표를 위해 질주하되, 숨이 막힐 정도로 뛰지는 마라. 지나친 긴장상태가 지속될 때에는 목표에 도달하기 전에 목숨이 먼저 끊어질 수 있다. 70% 정도가 건강한 긴장상태다. 경쟁조차도 압승보다는 70% 정도의 승리가 더 즐겁고 멋지다. 기분 좋게 운동하는 것이 가장 건강에 좋듯이, 즐거운 긴장상태를 유지하는 게 목표를 달성하는 비법이다.

나는 강한 신체와 체력을 단련하는 것이 지와 덕보다 우선한다고 생각한다. 가끔씩 아들과 같이 달리거나 산에 오를 때 땀과 웃음으로 뒤범벅된 서로의 얼굴을 바라보면서 온몸으로 퍼지는 행복한 충일감을 느낀다.

여름의 러너는
비에 젖지 않는다

나는 배반을 모르는 몸의 정직성이 좋다. 삶과 살이 맞닿아 있는 곳, 나는 달릴 때 내 삶과 몸이 가장 가깝게 교감하는 것 같다.

나는 "여름의 러너는 비에 젖지 않는다"는 말을 좋아한다. 여름에 비를 맞으면서 달리는 묘미는 경험한 자만이 알고, 새벽운동을 끝내고 가쁜 숨을 몰아쉬며 누운 채 하늘을 바라볼 때 가슴 깊은 곳으로부터 차오르는 충만감은 느껴본 사람만이 안다.

비와 산길은 한여름의 마라토너에게 더할 수 없이 반가운 손님이다. 비에 젖을까 봐 겁내는 러너를 도저히 상상할 수 없다. 왜냐하면 그는 이미 땀으로 젖어 있을 테니까. 여름의 러너는 비에 젖지 않기에 비를 두려워하지 않는다. 그는 빗속에서 더욱 뜨거워진다.

오랜 시간 달리기를 하면서 나 홀로, 때로는 마라톤 동우회 회원들과 함께 그 여름을 거리와 도로로, 산으로 비를 맞으면서 달렸다. 비 맞으면서 달리는 동안, 누구도 우울하고 짜증나는 얼굴을 한 사람은 없다. 마치 그림동화 속 물장구치며 놀던 아이들처럼 웃으며 즐겁게 달린다.

달리기는 내 몸과의 교감을 통해 세상과 당당하게 맞서는 것이기에, 힘든 달리기가 끝나면 뻐근하면서도 가슴 뿌듯한 행복이 밀려온다. 일본의 소설가 무라카미 하루키는 "42.195킬로미터를 달리는 일은 결코 지루한 행위가 아니다. 그것은 매우 스릴 넘치는 비일상적이고도 창조적인 행위다. 달리다 보면 평소에는 따분하기 이를 데 없는 사람이라도 뭔가 특별해질 수 있다."고 했다.

내 존재를 알리는 발 도장을 찍으면서 달릴 때에는 말로 표현할 수 없는 즐거움이 있다. 달리기는 신발 하나, 가벼운 운동복만 있으면 언제 어디서든 즐길 수 있다. 달리면서 긴장과 이완이 수시로 교차된다. 마라톤 초보자가 말한다. "힘들어 죽겠어요." 나는 말한다. "그럼 죽어요, 나를 죽이면 모든 게 편해져요."

땀에는 소금기가 있다. 그래서 땀을 흘리는 사람은 썩지 않는다. 자신이 하고 있는 일에 땀이 흘러내리는 것도 모르고 몰입

하는 사람은 누구라도 멋있다. 초여름 따가운 햇볕 아래 웃통을 드러낸 채 길거리 농구를 하는 학생이나 있는 힘을 다 쏟아부으면서 열창하는 가수처럼.

달리기의 꽃인 마라톤은 자신의 모든 땀과 열정으로 한 걸음 한 걸음 가야 하는 정직하고 순결한 운동이다. 그래서 마라톤 하는 사람 중엔 나쁜 사람이 없다. 마라토너처럼 극한의 고통을 참고 이기는 사람은 부패나 부정, 반칙과는 친하지 않다.

안전하게 달리는 방법이다. 절대로 고개를 높이 쳐들지 마라. 고개를 조금 숙이고 뛰어라. 전방을 주시할 정도면 충분하다. 허리가 튼튼하다면 굳이 고개를 숙이고 뛰지 않아도 된다. 하지만 허리는 반드시 곧추 세워야 한다. 허리를 곧추 세우고 뛸 수 없다면 달리기를 멈춰야 한다.

일상성이 중심이 될 때, 비일상성도 빛난다

즐거운 밥상에서 즐거운 담소가 일어나고, 소박한 밥상에서 담백한 담소가 일어난다고 한다. 일상의 즐거움에 젖는다면, 매 순간이 '행복한 순간'이 되는 기적이 찾아온다.

삶은 일상이다. 일상의 소소한 즐거움을 잃어버린 채, 미래의 행복을 위해 무조건 참고 견딤은 오래가지 못하고, 중간에 타버리거나 폭발한다.

불완전한 인간이 만들어가는 일상의 세상 역시 불완전체다. 해 아래 모든 것이 변하듯이, 절대적인 것은 없다. 나는 예전에 절대사랑, 절대신뢰 등 강한 말을 좋아했다.

지금은 다르다. 절대사랑은 절대적으로 배반당하고, 절대자유도 더 강력한 자유에 짓밟힌다. 폭력과 거짓, 권력도 마찬가지다. 자유는 자유에 의해 파괴될 수 있다는 '자유의 역설'은 이처럼 모든 가치에 적용된다. 우리는 매일 경험하지 않는가. 절대적 존엄이란 인권조차도 돈의 위력 앞에 무참하게 짓밟히는 것을.

중요한 것은 절대사랑도, 절대권력도, 무한재력도 아니다. 오히려 절대권력보다는 적당한 권력, 절대자유보다는 절제된 자유, 절대만족보다는 적당한 만족, 터질 듯한 환희보다는 소박한 즐거움이 일상을 지탱하는 힘이다. 관건은 내가 얼마나 진정한 기쁨, 일상의 소소한 즐거움을 느끼고 살았는가이다. 나에게는 '일상의 즐거움'만이 나를 배반하지도, 파괴하지도 않는 내 삶의 절대반지이자 '최고의 가치'다.

하지만 사람들은 반복되는 일상, 소박한 일상을 무료함과 단조로움으로 인식하고, 비일상적인 것만을 새로움과 신선함, 변화와 혁신으로 생각하는 경향이 있다.

'비일상성'이란 말은 익숙한 일상을 낯설게 만듦으로써 새로운 변화를 보고 느끼고 경험하는 것이다. 이는 일상은 재미없고 따분하며 '더 이상 변화와 도전이 없다'는 전제를 깔고 있다.

일상을 벗어난 삶은 논리적으로 존재하지 않는다. 따라서 일상성을 회복해야 하고 일상을 소소한 즐거움으로 채워야 한다. 일상의 힘을 강화하고, 소소한 즐거움을 만끽하기 위해 꼭 필요한 것이 창의력과 공감이다. 이는 같은 것을 새롭게 볼 수 있는 지혜로움이며, 작은 것을 소중히 여기는 '사랑의 마음'이다.

비일상성의 추구는 필요하다. 하지만 개인적으로 '비일상성'의 지나친 추구는 '환상'이라고 생각한다. 이런 비일상성으로의 지나친 매몰은 미래의 행복을 위해 현재의 행복과 즐거움을 포기하는 것이다.

따라서 비일상성에 지나치게 집착하기보다는 일상 속에서 난초의 개화 같은 작은 변화가 즐거움을 최대치로 끌어올릴 수 있다. 일상은 현실의 땅을 걸어가는 '뚜벅이 여행'이기 때문이다.

미래가 두렵고 불확실하면서도 기다려지는 건 예측불가능성 때문이다. 예측할 수 있는 일상은 똑같이 반복되는 일상만큼 재미없다. 그래서 '바람의 스침'일지라도 우리는 순간순간을 다르게 느끼고 경험하는 힘을 키워야 한다.

'비일상성'의 추구는 지루한 일상으로부터의 탈출을 유혹한다. 새로운 나라로 여행을 가고, 일주일을 일해야 벌 수 있는 돈으로 비싼 음식을 먹으라고, 지금 같이 살거나 사귀던 사람과의 지루한 관계에서 탈출하여 새로운 사람을 만나라고 유혹한다.

우리가 비일상성을 쾌락지상주의 또는 일상에서의 일탈로 이해한다면 그것은 비일상성으로의 추락이자 타락이다. 먼저 일상의 힘을 회복한 다음에 비일상성을 추구해야 즐거움을 배가할 수 있다. 일상에서 소소한 즐거움을 발견하고 이를 비일상적인 영역으로 확장하는 것, 그것이 진정한 '일상성의 회복'이다.

안정과 불안정,
균형과 불균형의 순환

안정은 안정 속에서만 유지되는 것도, 균형은 균형 속에서만 지속되는 것이 아니다. 스냅사진처럼 정지시켜 놓고 보면 안정과 불안정, 선과 악은 적대적인 관계다. 하지만 큰 틀에서 보면 안정과 불안정, 선과 악, 안전과 도전은 상보적相補的이며 서로의 가치를 상승시켜준다.

세상은 천사의 제국도 악마의 제국도 아니기 때문에 다양한 가치들이 공존하고 공생하는 게 사회를 더 활기차게 만든다.

현실 사회에서 절대적 가치로 중시되는 것일지라도 극단적으로 치우치면 조화가 깨진다. 안전도 마찬가지다. 파울로 코엘료는 "배는 항구에 정박해 있을 때 가장 안전하다. 하지만 그것이 배가 만들어진 이유가 아니다."라고 했다. 안전하고 안정적인 삶은 중요하지만 안전지상주의가 안전한 일상을 보장하는 것은 아니다.

땅을 파본 사람은 땅을 깊게 파기 위해서는 먼저 넓게 주위를 파야 한다는 것을 안다. 같은 맥락에서 안전한 삶을 추구하기 위해서는 먼저 일상이 즐겁고 활기차야 한다. 안전 자체가 삶의 목적이 아니라, 즐거운 일상을 위한 필요조건이기에 안전에 일상의 즐거움을 저당 잡히는 것은 주객이 바뀐 것이다. 역설적으로 안전지상주의가 일상의 스트레스를 가중시킨다면 오히려 일상의 안전에 위협이 된다.

안정과 불안정의 관계도 마찬가지다. 사회의 지속적인 성장을 위해 안정과 불안정의 건강한 순환은 필수적이다. 즐거운 일상과 건강한 사회에는 안정과 불안정, 균형과 불균형의 선순환이란 정반합正反合의 원리와 정중동靜中動의 법칙이 작동한다.

개인도 안정과 불안정의 끊임없는 선순환 속에서 기쁨과 행복을 느끼고, 깨달음과 창조적 아이디어를 창출하면서 발전한다. 그래서 '흔들리는 가운데 중심을 잡고 전진하는 것이 인간'이라고 했다.

하지만 사람들은 불안정으로 뛰어드는 것을 두려워한다. 절망과 좌절의 늪에 추락하는 것에 대한 본능적인 공포 때문이다. 그래서 대안으로 안전한 공포인 놀이공원의 롤러코스터를 즐기고, 안전한 흔들림인 클럽에서의 댄스에 열광하는 것이다. 사랑에서도 '썸'과 같은 밀고 당기기를 통해 안정과 불안정의 끊임없는 흔들림을 즐긴다.

하지만 우리는 안전하게 디자인된 공포의 게임을 넘어 모험과 도전이란 두려움 속으로 뛰어들어야 한다. 그래야 안정과 불안정, 질서와 창조의 끊임없는 갈등과 화해를 통해 개인과 사회가 성장할 수 있다.

인간 자체가 신비롭듯이, 그런 인간이 모여 사는 사회도 오묘하다. 결국 인간사회는 안정과 불안정의 경계를 포용하면서 건강한 긴장감이 끊임없이 순환하는 과정 속에서 진보하고 발전하는 것이다.

이처럼 개인과 사회의 발전과 성장은 균형 속에서 이루어진다. 흥에 겨워 춤추는 것처럼, 전진하기 위해서는 움직여야 하고, 행복감을 느끼기 위해서는 우선 흔들려야 하며, 꿈을 이루기 위해서는 불안정이 주는 위험과 두려움 속으로 뛰어들어야 한다.

집밥의 귀환과 건강

욕망은 쾌락이고 소비는 자극이다. 건강에 상관없이 인간의 입맛을 귀신같이 알고 있는 사람들은 더 달고 짜며, 강렬한 매운 맛으로 사람들을 유혹한다. 사람들은 기꺼이 유혹에 넘어가고 점점 더 달고 짜고 매운 맛에 중독된다.

중독은 인간의 의지를 넘어선 영역이기에 한 번 중독되면 '생로병사' 프로그램과 건강뉴스에서 아무리 떠들어도 길들여진 입맛은 고쳐지지 않는다.

정부 통계에 따르면 비만 증가율이 가파른 상승을 보인다. 2016년 기준 비만율은 34.8% 였는데, 2022년 추정 비만율은 41.5%에 달한다. 국민건강보험공단이 발표한 '2017 비만백서'에 따르면, 현재 5% 내외인 고도비만율(체질량 30~35%)이 2030

년이 되면 9%에 이를 것으로 전망하고 있다. 한림대성심병원 가정의학과 박경희 교수팀에 의하면 6~15세 아이들 가운데 30%에서 성인기 고혈압 당뇨병 등 심혈관 위험을 높이는 대사증후군을 갖고 있는 것으로 나타났는데, 정상체중 소아에 비해 비만이었던 소아의 대사증후군 위험이 3.8배나 높았다. 왕따의 주요원인이 비만이라 할 정도로 비만에 대한 편견은 넓게 퍼져있고 뿌리깊다. 최근 '먹방' 규제가 논란이 되고 있다. 먹방이 술이나 담배처럼 국민건강에 악영향을 주고 비만과 상관관계가 있는지 명확하게 증명되고 있지는 않다고 한다. 일부 사람들은 먹방이 먹는 즐거움에 대리만족을 줘서 식욕을 조절하는 긍정적 역할을 말한다. 어쨌든 먹방은 개인의 자유의지가 작용하는 영역이고, 누군가에서는 일상의 행복감을 증가시켜준다.

따라서 국민이 뭘 보고 뭘 먹든 간섭하지 않는 게 선택의 자유인 기본권을 존중한다는 측면에서는 바람직하기에 먹방을 강제적으로 규제하는 것은 동의하지 않는다. 그럼에도 불구하고 미디어의 속성상 '먹방'은 시청율 제고를 위해 저칼로리의 건강한 음식보다는 대중의 식탐과 폭식을 자극하는 달고, 맵고, 짠 음식에 편중될 수 밖에 없다. 아울러 인간의 행동심리는 관심과 흥미를 끄는 것을 보고 배우고 따라하기가 쉬우며, 소비 욕망을 부추기는 미디어의 유혹에 굴복하는 경향이 강하다. 하여, 양념 통닭, 매콤한 족발과 보쌈을 욕망하고, 달콤하고 쫀득거리는 피자와 햄버거를 시도 때도 없이 탐하는 것은 자연스럽다. 특히 심신이 피곤하고 스트레스를 주체하지 못할 경우에는 달달한 음식으로 질주하는 마음은 거의 광적이 된다.

나는 국민 먹방의 시대에 달고 짜고 매운 음식, 즉 입맛 당기고 먹음직스럽지만 건강에 나쁜 정크푸드 등의 음식은 절제해야 한다고 생각한다. 하지만 나 또한 오랜 시간 운동과 규칙적인 습관으로 단련되어 왔음에도 한 순간 삶의 리듬을 잃어버리자 아주 손쉽게 정크푸드로 상징되는 건강하지 못한 식습관으로 빠져들었다. 그럼에도 불구하고 '맛과 건강'이란 두 개의 가치 중에 하나를 포기해야 한다면 기꺼이 달콤한 맛을 포기하고 건강한 입맛을 되찾아야 한다. 그래야 건강한 신체를 통한 삶의 즐거움이 배가 된다.

달고 짜고 매운 음식은 건강에도 해롭지만 인간의 탐욕을 부채질한다. 몸과 마음의 건강을 위해서 음식은 덜 짜고 덜 맵고 덜 달게 적당히 먹어야 한다. '집밥이 답'이다.

'집밥의 귀환'과 함께 건강한 음식을 향한 끝없는 도전도 계속되어야 한다. 〈인간시대〉에서 전 미들급 세계챔피언 박종팔이 "권투에서 가장 힘든 것은 체중조절이다. 그래서 국이나 찌개를 먹지 않는 습관을 가졌다"는 말에 공감한다.

좋은 음식, 건강한 음식을 탐하는 것은 죽을 때까지 계속되는 세상에서 가장 힘든 도전이다. 정부는 국민건강을 최우선시해야 한다. 따라서 개인의 기본적 자유권을 침해하지 않되, 국민의 건강한 식습관과 건강한 식품 소비를 유도하여 심각한 사회문제화되고 있는 비만과 성인병을 줄이기 위해 정부차원에서 비만율 증가 원인에 대한 명확한 진단과 함께 근본적 해결을 위한 과감하고 적극적인 대책수립이 필요하다.

지금 이 순간,
그날이 지금

●

○

진짜 좋은 시간은 '지금 이 순간'이다. 그것이 매순간을 새로움과 설렘으로 사는 것이다.

행복은 마음의 가벼움에서 시작된다. 너무 늦기 전에 잘못한 일을 사과하고, 늦기 전에 사소한 일로 화를 낸 사람과 화해하자. '지금 이 순간' 타인에게 친절하고, 약자를 배려하고, 존중하지 않으면 앞으로도 친절과 배려를 실천할 기회는 찾아오지 않는다. 행복은 '지금 이 순간'이다. 행복은 앞을 볼 수 없기에 지금 '꼬옥' 끌어안지 않으면 길을 잃거나 추락한다.

'지금 이 순간'을 살지 않으면 삶은 피로의 연속이다. 삶의 완결은 '지금 이 순간'을 충실히 살 때다. 인간은 매일 새로 태어난다. 삶도 매일 새롭게 시작해서 완벽하게 마무리된다. 편안하고 즐거운 마음으로 하루를 마무리했다면, 완결된 삶을 산 것이다. 어떤 경우에도 '즐거움'이 지금 녹아있어야 한다. 희망과 꿈이 미래에 있지 않고 현재진행형일 때 우리는 피곤하고 고달픈 일상에서 벗어날 수 있다.

누구에게나 '기다리는 그 사람'이 있다. 지금 '기다리는 사람'을 만나기 위해선 먼저 다가가야 한다. 기다리는 사람을 지금 만나지 못하면 영영 만나지 못한다.

누구에게나 '기다리는 그날'이 있다. 그날이 지금이다. 하지만 내가 먼저 '기다리던 그날'로 달려가야 한다. 기다리기만 하면 그날은 오지 않을 먼 훗날일 뿐이다.

'지금이 그날'이라는 말은 지금 이 순간이 내 인생 '최고의 순간'이라는 말이다. '지금 이 순간'을 외치는 이유는 인간의 역사에서 누구도 '내일을 산 자'는 없기 때문이다.

사람들은 황금새를 잡으려고 산과 들로 미친 듯이 헤매고 다니느라 눈앞에 있는 새들의 노랫소리도, 정신을 맑게 하는 꽃향기도, 얼굴 가득 행복을 안겨주는 바람의 상쾌함도 모르고 산다. 그는 눈앞에 뿌려져있는 수많은 삶의 보물들을 보지 못한다.

그래서 그는 불행하다. 황금새를 잡아야 한다는 생각에 실핏줄이 터진 충혈된 눈으로 '내일 내일' 하면서 희망을 되새김질할 뿐이다. 하지만 내일은 존재하지 않는다. 우리는 죽을 때까지

'지금 이 순간'을 살 수 있을 뿐이다.

'내일은 더 사랑할게요'라는 말은 '내일은 더 잘할게요'란 말보다 더 공허하다. 사랑하기에 너무 늦은 나이도 없듯이, 사랑하기에 너무 늦은 때도 없다.

인간의 역사에서 변하지 않는 '사랑의 진리'는 "지금이 사랑하기 가장 좋을 때"이며, 지금 내 옆에 있는 사람이 가장 소중하다는 것이다. 내일은 내 옆에 다른 사람이 올 수도 있다. 고민하지 마라. 지금 내 옆에 있는 사람을 격렬하게, 가슴 뜨겁게 사랑하라.

하지만 세상에서 가장 어려운 일은 지금 내 옆에 있는 사람을 사랑하는 것이다. 사랑은 '흙 속의 진주' 같아서 나와 같이 있는 소중한 사람에게 분명하고 구체적으로 표현하고 보여줄 수 있어야 그 가치가 빛을 발한다. 습관처럼 읊어대는 인류애나 '사랑하는 국민 여러분'이란 말은 콜센터 직원이 '고객님, 사랑합니다' 하는 말처럼 한 순간에 신기루처럼 사라지고, 모래성처럼 허무하게 무너질 '공상적 사랑'일 뿐이다. 지금 내 눈 앞에 있는 한 사람 한 사람을 뜨겁고 소중하게 생각하는 사랑을 실천할 때에만 우리는 원수조차도 사랑할 수 있다.

'뛰어들어라, 도전하라'고 말하기 전에

예전에 미국 샌프란시스코 금문교 다리를 건설할 때 많은 사람이 떨어져 죽었다. 그래서 밑에 안전그물을 설치했는데, 그 뒤로 떨어지는 사람의 숫자가 급격하게 줄어들었다. 안전그물이 있기에 떨어져도 죽지 않을 것이란 믿음 때문이라는 분석이 지배적이다. 정글자본주의를 살아가는 사회경제적 약자에게 안전그물은 최소한의 생활을 위한 '돈과 일자리'라고 생각한다.

국가가 이와 같은 최소한의 인간다운 삶을 책임져 주는 안전그물망 역할을 해줄 거라는 믿음과 신뢰가 있다면 국민들은 좀 더 열정적으로 꿈을 향해 뛰어들고 도전할 수 있을 것이다.

떨어져도 죽지 않는다는 확신이 들면 두려움이 사라지듯이, 믿는 구석이 있거나 기댈 언덕이 있으므면 자신감이 생긴다. 기댈 언덕이나 최소한의 심리적 안전장치는 누구에게나 필요하기 때문이다.

국가는 젊은 세대에게 두려움 없이 미래에 도전하라고 말하기 전에 금문교의 안전그물 설치처럼 정책적으로 지원책을 마련하고 범국가적 관심을 가져줌으로써 젊은 세대가 꿈을 이루기 위해 불안 속으로 뛰어들어도 괜찮다는 믿음과 신뢰를 주어야 한다.

부모도 마찬가지다. 부모는 자식의 영원한 '안전그물망'이며, 언제나 자식 편에 서야 한다. 실패해도 괜찮다. 부모를 믿고, 무섭고 두려운 마음이 들더라도 망부석처럼 그 자리에 멈춰 서지 말라고 응원해야 한다.

문 뒤에 어떤 세상이 있는지는 아무도 모른다. 그 세상은 뛰어들어야만 알 수 있고, 문을 열어야만 볼 수 있다. 스스로에 대한 믿음과 함께 부모 세대가 든든한 지원군이 되어 줄 때, 젊은 세대는 하고 싶은 일을 향해 과감하게 뛰어들 용기가 생길 것이다.

젊은 세대는 그런 믿음이 생겼다면 겁내지 말고 바라는 꿈을 향해 힘차게 도전해라. 누가 뭐래도 '젊음'은 끊임없이 도전하는 '그 자체'에 있다.

실행의 마법

“걸으면 주변의 풍경이 바뀌어 간다. 인간은 의외로 무언가를 꾸준히 할 때 상태가 좋다.”는 말처럼, 인간은 움직이는 한 살아있다. 무언가를 꾸준히 하는 가운데 작은 파격을 즐길 수 있다면 인간은 성장한다. 그런 사람들이 톱니바퀴처럼 어울리는 사회는 잘 굴러간다.

‘할 걸 그랬어!’라고 후회하는 것을 ‘자이가르닉 효과(zeigarnik effect)’라고 한다. 한마디로 ‘행동하라’는 말이다. 대부분의 도전은 시도하면 별것 아니다. 시도하면 작아지고, 시도하지 않으면 해질녘 그림자처럼 크게 보인다. 세상의 모든 일은 부딪치고 해보면 미리 두려워하고 걱정한 것보다는 해볼 만하다. ‘실행의 마법’이다.

영어에 "Something is better than nothing(무엇이라도 저지르는 게 아무것도 안 하는 것보다 낫다)"는 말이 있다. 복권에 당첨되려면 우선 복권을 사야 하듯이, 어떤 노력도 하지 않고 기다리기만 하면 아무 것도 이룰 수 없다. 우선 저지르고, 들이대고, 도전해라.

가만히 있는 자에게는 아무도 손을 내밀어 주지 않는다. 직접 뛰지 않으면 단 100미터도 앞으로 나아갈 수 없고, 내가 입 밖으로 말하지 않으면 사람들은 내 마음을 알아주지 않을 것이고, 그들에게 관심과 노력을 기울이지 않으면 그들도 나에게 관심과 지지를 보내지 않는다.

지금 행동하지 않으면 영원히 행동하지 않기에, 지금 행동하지 않는 자는 불행하다. 지금 행복하지 않으면 영원히 행복하지 않기에, 지금 행복하지 않는 자는 불행하다.

지금 설레지 않으면 영원히 설레지 않을 것이기에, 지금 설레지 않는 자는 불행하다. 지금 웃음 짓지 않으면 영원히 웃음 짓지 않을 것이기에, 지금 웃음 짓지 않는 자는 불행하다.

지금 사랑하지 않으면, 영원히 사랑하지 않을 것이기에, 지금 사랑하지 않는 자는 불행하다. 지금 행동하고, 사랑하고, 웃음 짓고, 즐거워하라. 지금 당장 실행하라.

결혼의 기준, 애인의 기준

●
○

결혼할 여자를 고르는 기준과 애인을 선택하는 기준은 다르다. 남자에게 아름다운 여인에 대한 끌림은 원초적 본능이다. 하지만 아름다움에 대한 본능적 끌림조차도 생존의 위협 앞에서는 힘을 잃는다. 그래서 요즘 대한민국의 남자가 결혼할 배우자를 선택하는 가장 중요한 기준은 '직업과 재산'으로 바뀌었다고 한다. 그럼에도 불구하고 지금도 애인의 선택기준은 '외모'이기에 '아름다움이란 표피적인 것에 불과하다'는 말은 공감을 얻지 못한다.

이처럼 남자에게 있어 예쁜 여자에 대한 무조건적 이끌림은 거부할 수 없는 강력한 주술이다.

하여, 아내를 고를 때 아름다움에 판단력을 잃고 선한 마음을 보지 못하는 우를 범하지 말아야 한다. 물론 아름다운 얼굴에 선한 본성을 가진 운명적 사랑을 만난다면 금상첨화錦上添花다.

남자는 눈가리개를 한 말처럼 눈 앞에 있는 것만 보기에 아름다운 마음과 아름다운 외모를 구별하지 못하는 '청맹과니'다. 그럼에도 불구하고 아름다운 내면의 진정한 가치를 볼 수 있고, 화려한 외모 속에 감춰진 악을 경계하고 판별할 수 있는 혜안이 있다면 더 행복해질 수 있다.

견디는 삶보다는 즐기는 삶이 아름답다

나는 욕망을 억누르는 것이 아니라 욕망 위에서 춤추는 사람이 되고 싶다. 나는 신이 아니라 인간이기 때문이다.

우리는 쉽게 말한다. 참고 견디라고. 하지만 어떤 설렘도 없이 마음에 메마른 모래만 쌓여갈 때는 견디고 버티지 마라. 더 이상 참고 버틸 수 없을 때에는 내려놓아라. 필요하다면 나를 견딜 수 없게 만드는 것으로부터 도망쳐라.

그럼에도 불구하고 너무 억울해서 잡고 있는 것을 놓기 싫을 때에는 붙잡아라. 햇볕에 녹아내리는 찰나적 쾌락일지라도 즐길 수 있을 만큼 즐겨라. 삶의 목적은 견딤이 아니라 즐김이다. 따라서 견딤은 즐김을 위한 디딤돌로서 역할을 다했을 때 가치가 빛난다.

삶을 처절한 '지옥의 링'이라고 생각하면 분명 지옥이다. 반면에 삶이 만만하지 않았지만 그 때문에 매순간이 보물찾기처럼 즐겁고 설렜다면 천국의 나날을 보낸 것이다. 이처럼 우리가 느끼고, 생각하는 대로 삶은 그 속살을 보여준다.

사람마다 고통을 견디는 힘은 다르다. 누구라도 주어진 상황에서 이를 악물고 견디어 냈다면 그는 최선을 다한 것이다. "강물은 그 나름대로 최선을 다했기에 더 빨리 흐르라고 떠밀지 말아"야 하듯 말이다. 그래서 힘껏 견디어 냈고 악착같이 산 인생도 의미가 있다.

그럼에도 불구하고 무조건 견디기만 하는 삶은 언젠가는 부러진다. 그것이 '견디는 삶'보다는 '즐기는 삶'을 살아야 하는 이유다.

선하고 뜨겁고 친절해라

어린 시절 내가 살던 흙집의 작은 마당에 쌓인 눈에다 오줌을 누었다. 소복이 쌓인 눈이 파도에 부서지는 모래성처럼 허물어지면서 하얀 안개를 뿜어낸다. 뜨거운 것이 차가운 것을 녹인다. 그런 마음으로 살자. 연탄재 함부로 차지 말라고. 너는 누군가에게 그렇게 뜨거웠던 적이 있었냐고 일갈했던 시인의 말처럼 뜨거운 마음으로 살자.

처음에는 강렬한 욕망이 뜨거운 마음이라고 생각했다. 지금은 다르다. 한 시골학교 연극에서 여관주인 역을 맡은 '빌리'에게 선생님은 마리아와 요셉이 찾아와 방이 있냐고 물으면 "없어요"라고 한마디만 하라고 말했다. 그 말을 까맣게 잊고 애타게 방을 찾는 요셉에게 "제 방 쓰세요"라고 말한 '빌리'의 '선한 마음'이 바로 '뜨거운 마음'이다.

타인에 대한 사랑과 애정이 없는 뜨거운 열정은 모든 것을 태우는 화마일 뿐이다. 출세와 성공에 마이너스가 되고, 물질적으로 손해를 볼지라도 친절하고 또 친절해라. 모든 사람을 따뜻한 마음으로 맞이하라.

'유연함' 또는 '열려 있음'이란

●
○

유연한 태도와 성격을 지녀야 한다고 말한다. 유연하다는 것은 무엇이고, 왜 유연해져야 하는가? 아울러 유연해지기 위해서는 어떻게 해야 하는가?

강하고 단단하기만 한 것도, 부드럽기만 한 것도 분명한 한계가 있다. 외유내강外柔內剛이란 말처럼, 단단한 부드러움 속에 진정한 힘이 뿜어져 나온다. 내가 제일 좋아하는 과일인 수박, 열대과일의 왕이라는 두리안 그리고 시원한 코코넛은 모두 두꺼운 껍데기 속에 부드럽고 달콤한 속살과 과즙을 품고 있다. 산과 들, 강과 바다로 상징되는 자연의 아름다움 역시 단단함과 부드러움의 조화 속에 있다. 나는 이처럼 단단함과 부드러움의 조화가 유연함이라 생각한다.

독선과 오만으로 점철된 좌충우돌, 고집불통만 횡행하는 일상에서 유연함은 옳은 방향으로 휘어짐이며 상식과 양심에 따라 행동하는 것이다.

또한 유연함은 흔들리는 가운데에서도 중심을 잡도록 해주고, 약자를 배려하며 복잡한 문제를 쉽게 해결하는 힘을 발휘한다.

유연해야 하는 이유는 인간의 불완전함 때문이다. 인간은 시시각각 변하는 상황과 새로운 경험 때문에, 꿈과 희망, 생각과 행동은 물론 세상에 대한 가치관도 수시로 변한다. 따라서 흐르는 물처럼 유연해야 변화하는 상황에 적절하게 적응할 수 있다.

유연함은 다른 말로 '열려 있음'이다. 바다처럼 모든 것을 받아들이고 포용하기 위해서는 마음이 열려 있어야 한다. 내 마음이 나를 온전히 받아들일 수 있도록 열려 있을 때에 나를 사랑하고, 나를 용서하며 스스로 책임질 수 있다.

내가 내 자신에게 열려있을 때 나는 또한 세상을 향해서도 열려 있다. 그래서 타인을 사랑하고, 타인을 용서하며, 타인을 위해 헌신하고 책임지는 행동을 할 수 있다. 이처럼 나와 세상을 향해 얼마나 열려 있느냐가 내 성장과 인격을 결정하는 척도가 된다.

그럼 열린 마음을 갖기 위해서는 어떻게 해야 하는가? 첫 번째는 모방이다. 내가 본받고 싶은 사람의 말과 글, 행동을 지속적으로 모방하는 것이다.

두 번째는 '열린 마음'을 가진 '척' 하는 것이다. 웃으니까 행복하다는 말처럼 유연한 '척' 하는 행동을 반복하다 보면 나와 세상을 향해 더 열린 마음을 갖게 된다.

세 번째는 선한 마음을 실천하는 것이다. 선한 마음으로 선한 행동을 실천하면 사회에 선한 영향력을 확산함과 아울러 헌신과 이타적인 마음이 넓고 깊어진다.

'열려 있음'을 좀더 구체적으로 들여다 보면 열린 마음과 열린 사고로 분리된 것처럼 보이지만 궁극적으로는 이 둘은 한 점에서 만난다고 생각한다. 따라서 열린 마음은 열린 사고를 강화시켜 개인과 사회의 창조력을 확산시키고, 열린 사고는 개인과 사회의 열린 마음을 더 깊고 넓게 해서 범사회적 도덕수준을 끌어올린다.

느리게
사는 삶

끊임없이 움직이지 않으면 추락한다는 '전진의 법칙'은 개인과 사회에 공통적으로 적용된다. 달리던 자전거의 페달을 밟지 않으면 멈추는 것이 아니라 넘어지듯이, 나아가지 않으면 도태되는 것이 자연의 법칙이다. 따라서 치열한 생존경쟁의 시대에 뒤로 가지 않기 위해서는 소걸음으로라도 끊임없이 전진해야 한다고 이구동성으로 말한다.

하지만 인간은 죽을 때까지 끊임없이 움직이는 상어나 참치도 아니고, 쉬지 않고 작동하는 기계는 더더욱 아니기에 무한질주는 불가능하다. 말콤 글래드웰이 《아웃라이어》에서 성공하기 위해 1만 시간의 법칙을 말했지만, 1만 시간의 몰입을 위해서는 1만 2500시간의 휴식이 필요하다는 말이 더 가슴에 와 닿는다.

삶이란 빛과 그림자이며, 낮과 밤이며 적이면서 동지다. 그것은 '정중동'이란 말처럼 고요함 속의 움직임이며, 움직임 속에 고요함이다. 바람 한 줄기 없는 호수는 잔잔하지만 호수 아래는 역동적인 생명체들이 살아 움직인다. 물 위를 유영하는 오리의 우아함 속에 감춰진 갈퀴질의 놀라움처럼 세상을 변화시키고 성장시키는 인문과학적 창의는 정중동靜中動의 경계에서 싹튼다.

따라서 창조적 문명과 문화를 이룩하기 위해서는 삶의 속도를 적절히 조율하고 변화를 주어야 한다. 그것은 게으른 삶이 아니라 '느리게 사는 삶'이다.

"우리는 매일 직선을 달리고 있지만 동물들은 맹수에게 쫓기는 경우가 아니면 결코 직선으로 달리는 법이 없다"고 한다. 걸을 때 직선이 아니라 곡선으로 보폭에 변화를 주고 걸어보라. 자연스럽게 마음이 편안해지고 작은 행복감에 휩싸인다. 등산이나 산책을 생각해보라. 아무리 힘든 산을 오르는 사람도 표정 속에 기쁨이 스며있다. 산을 오르는 어떤 이도 슬픈 표정이 없다. 산에 오르기 전에는 저마다 다른 표정의 얼굴을 하고 있지만 일단 산에 오르면 우울한 얼굴은 없다.

많은 사람이 느리게 사는 삶에 대해 착각을 한다. 항상 느리게 산다면 이는 '게으른 삶'이다. 천천히 해야 할 때 급하고, 서

둘러야 할 때 굼벵이처럼 느린 것은 '엇박자의 삶'일 뿐이다.

'느리게 사는 삶'은 삶의 완급조절을 통해 자연과 호흡하면서 사는 것이다. 물처럼 흘러가는 삶이다. 뛰어야 할 때에는 뛰고, 걸어야 할 때는 여유롭게 걷는다. 이처럼 삶의 완급조절을 자유자재로 하면서 사는 삶은 축제처럼 즐겁고 흥겹다.

PART 3

생각을
벗 삼아

대화하고 토론하라

●
○

대화를 독점하는 리더에게 한비자의 "군주와 신하는 하루에도 백번씩 싸운다"는 말을 들려주고 싶다. 인간은 이기적이다. 그래서 군주도 신하도 자신의 이익을 최우선으로 토론하고 결정한다.

만약 주군과 신하가 생각과 이해관계가 일치되고, 신하는 주군에게 절대적인 충성을, 주군은 신하에게 절대적 복종만을 요구한다면 그것은 마이너스 관계다. 주군과 생각이 같다면 신하는 굳이 녹봉만 축내면서 주군 곁에서 일할 필요가 없다.

더 아픈 사실은 신하가 주군에게만 절대적으로 충성한다면 반드시 힘과 권력이 없는 사람들에게 가혹하다는 것이다.

대화를 통해 단 한 번도 자신의 입장을 바꾸지 않았고, 생각을 굽히지 않았으며, 행동 변화가 없었다면 그것은 대화를 한 것이 아니라 독백을 한 것이고, 독선과 교만을 부린 것이다.

협상을 통해 단 한 번도 자신의 입장을 바꾸지 않았고, 생각을 굽히지 않았으며, 행동 변화가 없었다면 그것은 협상을 한 것이 아니라 오만과 자만에 함몰되어 고집을 부린 것이다.

토론을 통해 단 한 번도 자신의 입장을 바꾸지 않았고, 생각을 굽히지 않았으며, 행동 변화가 없었다면 그것은 토론을 통해 의견을 조율한 것이 아니라 정당성의 명분으로 악용하거나 편견을 합리화한 것이다.

기억하라. 우리는 협력하고 해결하고 이해하고 공감하며 성장하기 위해서 대화하고 토론하는 것이다.

문제를 제기하고 질문을 하라

200년째 궁 안에 있는 벤치를 지키는 병사가 있었다. 어느 날 장교가 그에게 "왜 아무도 없는 벤치를 지키고 있느냐"고 물었다. 그 병사는 자기가 알기로는 200년 전에 한 숙녀가 새로 칠을 한 벤치에 앉았다가 옷을 버린 뒤로 병사들이 교대로 벤치를 지키고 있는 것으로 알고 있다고 말했다.

문제의식을 갖지 않고 관성적으로 기존의 관습이나 습관에 매몰되는 어리석음을 보여주는 사례다. '나와 세상'은 문제의식을 가지고 질문하는 자에 의해 바뀐다.

그런데 질문에도 나름의 법칙이 있다. 철학에서 질문하라는 말은 타인에게가 아니라 "자신에게 불편한 질문"을 하라는 뜻이라고 한다. 반면에 논쟁에서의 질문은 타인을 곤란하고 불편하게 만들수록 좋다. 그렇다면 대화에서 좋은 질문이란 무엇일까? 함께한 모두를 즐겁고 편하게 만드는 것이 '최고의 미덕'이 아닐까?

질문이 사라지면 즐거움도 사라진다. 인생의 즐거움은 느낌표와 물음표 사이에 있다. 따라서 인생에 대한 질문이 사라지면 즐거움도 사라진다. '왜'는 즐거운 삶을 위한 필요충분조건이다. 따라서 삶에 대한 질문이 없으면 진정한 즐거움도 없다.

왜 경청인가

인간은 360도를 동시에 볼 수 없듯이, 터널시야에서 벗어날 수 없다. 다른 시선으로 보려면 시선을 돌려야 한다. 앞만 바라본다고 안전한 운전이 아니다. 좌우앞뒤로 '살짝 살짝' 시선을 돌려 차량 흐름을 읽어야 한다.

할 말만 잘한다고 소통을 잘 하는 게 아니다. 소통에 최고의 방법은 경청이다. 그것이 인간이 귀가 둘이고 입이 하나인 이유다.

'일화구청'이란 말처럼, 한 번 말하고 아홉 번을 들어야 한다. 하고 싶은 말을 다 쏟아내지 않고 대화 전체에서 10% 정도만 말하는 절제가 어른스러움이다. 자신의 생각을 다 말하지 않고 마음속에 묻은 채 상대가 스스로 결정하도록 해 주는 것이 소통의 미학이다.

말하는 데 집중하게 되면 자연스럽게 나의 생각을 상대방에게 강요하게 된다. 반면에 상대방의 말을 들어주거나, '괜찮은 것 같은데', '좋아 보이는데' '훌륭한 아이디어라고 생각해!' 등등 맞장구를 쳐주는 것만으로도 멋진 소통이 가능하다.

최고의 공부 방법은

KBS 스페셜 '최고의 공부'의 몇 장면이 떠오른다. 방송으로 몇 번 보았던 유대인의 학습법은 놀라웠다. 유대인 학습법을 한마디로 표현하면 '마따호세프'인데 '너의 생각이 무엇이냐'라는 뜻이라 한다.

그들의 학습법은 두세 명이 모여서 시장통이나 전쟁터를 방불할 정도로 격렬하게 '토론과 논쟁'을 벌이면서 자신의 생각을 끊임없이 진화시키는 것이다. 이런 과정에서 지식의 확산과 진화 그리고 성장이 일어난다.

개인적으로 '토론과 논쟁'은 미래시대에 더욱 경쟁력 있는 학습법이라 생각한다. 그럼에도 불구하고 이런 교육법을 기반으로 세계 경제를 주름잡고 있는 유대인은 '성공의 자만(Success hubris)'에 빠질 가능성이 크다.

'토론과 논쟁'은 협력과 소통시대에 강력한 경쟁무기이지만 모든 것에 빛과 그림자가 있는 것처럼 오랜 시간 맛본 성공의 달콤함은 타인종, 타민족에 대한 오만과 독선, 차별과 배척이라는 선민의식選民意識을 더욱 뿌리 깊게 만들 수 있다.

우리는 유대인의 긍정적 교육방법인 '마타호세프'가 상징하는 토론과 논쟁의 학습법에다 다인의 지식을 배우고, 타인의 의견을 수용하는 방식을 접목하는 등 한국식 미래교육을 시행해야 한다. 이를 기반으로 공감과 창의력의 세계로 나아가야 한다.

한국의 교육현실에서 단시간에 '토론과 논쟁' 중심의 학습법으로 갈 수는 없다. 토론과 논쟁이 제대로 이루어지기 위해서는 책을 읽고, 질문하는 습관의 일상화가 교실과 사회 전반에 문화로 뿌리내려야 한다. 쉬운 일이 아니다. 더구나 요즘 사람들은 여러 가지 이유로 책읽기를 싫어한다.

또 대다수의 사람들은 질문을 하지 않는다. 타인에게 '바보처럼 보일'까봐 '모난 돌이 정 맞는다'고 튀어서 좋을 게 없다는 걸 경험으로 안다. 실제로 많은 사람들이 질문 때문에 선생에게 밉보이고 상사 눈 밖에 나서 불이익과 왕따를 당한다. 이런 직간접적인 경험의 축적으로 질문을 두려워하고, 혹여 질문과 의견 제시로 상사나 선생님으로부터 짜증 섞인 반응이나 핀잔이라도 당하면 감당할 수 없을 만큼 위축되고 주눅이 든다. 그 다음부터는 질문을 아예 접는다.

질문에 대한 트라우마와 두려움은 결국 무기력과 자신감의 무너짐으로 이어진다. 이런 부정적인 학습경험은 어른이 되어서도 회의에서 침묵으로 일관해 '벙어리들의 토론'이라는 기괴한 현상을 낳는다.

토론과 논쟁 교육이 어려운 가장 큰 책임은 부모와 교사, 상사 등에 있다. 기성세대가 건강한 '논쟁과 토론'이 일상화되는 새로운 패러다임으로의 전환을 책임져야 한다. 그래야 '토론과 논쟁' 중심 교육이 살아날 수 있다.

진심으로
도움을 요청해라

'말하지 않아도 알아요' '눈으로 말해요'란 노랫말이 있다. 한국인의 뿌리 깊은 정서에 따르면 말하지 않아도 마음을 알 수 있고, 눈으로 대화가 가능할 수도 있다. 하지만 그런 경우는 예외적이며 오해의 소지도 많다. 단순히 오랜 시간을 함께했다고 해서 부모나 자식, 아내와 동료의 마음을 '눈빛'만으로 '그냥' 알 수는 없다.

유명강사인 김창옥 씨는 부모의 뒷모습, 힘없이 처진 어깨에서 사랑을 보았고, 미안한 마음이 들었다고 말한다. 특별한 경우라 생각한다. 아내에게조차도 마음상태를 알아보는 가장 좋은 방법은 물어보는 일이다. '그냥' 안다는 것, 말 안 해도 알 수 있는 것은 신의 경지다. 타인의 마음을 이해하려면 먼저 구체적으로 솔직하게 묻고 답해야 한다.

'우는 아이 떡 하나 더 준다'는 속담은 현실이다. 원하면 말하라. 간절하게 청하고 적극적으로 매달려라. 말하고 표현하지 않으면 아무도 모른다.

다만 건성으로 말하거나 부탁하지 말고 진심을 담아 말해라. "미안하지만 가방 좀 치워줄래요?" 지하철에서 버스에서 우락부락하게 생긴 사람에게 상냥하게 도움을 청하면 놀라운 반응을 경험할 것이다. 열에 아홉은 더할 수 없이 친절하게 반응한다. 진실한 말의 힘이다. 하지만 내가 먼저 말하지 않으면, 내가 먼저 문을 열지 않으면, 누구도 내 말을 알아들을 수 없고 세상에 어떤 문도 열리지 않는다.

이처럼 "도움이 필요하면 서슴없이 청하는 방법"도 한 가지 지켜야 할 원칙이 있다. 도움을 줄 특정인을 정해야 한다는 것이다. 익명의 군중을 향해 도움을 요청하면 아무도 손을 내밀지 않는다.

청請하고 매달리는 사람이 원하는 것을 차지할 가능성이 높다. 따라서 절박하게 원한다면 솔직하게 말하고 도움을 요청하라. 필요한 경우 강력하게 항의하고 저항해라.

또한 솔직하게 자신의 약점을 드러내고 잘못을 고백하라. 상처를 드러내라. 보이지 않는 상처는 치료할 수 없다. 몸과 마음의 상처는 누군가에게 보여주어야 한다.

돌팔이 의사를 만나서 제대로 상처를 치료받지 못하더라도 드러내고 보여주어야 치료하고 해결할 수 있다. '드러냄의 효과'다.

자신의 실수나 부족한 점을 드러내고, 자신의 잘못을 고백하라. 드러냄과 고백을 통한 반성과 성찰의 힘은 놀랍다. 마음이 편안해지고 복잡했던 머리도 화창한 가을하늘처럼 맑아진다. 덤으로 가고자 했던 곳으로 힘찬 발걸음을 내디딜 새로운 힘과 열정이 생긴다.

나쁜 말을 삼켜라

●
○

달면 삼키고 쓰면 뱉어내는 것은 인간본성이다. 뒷담화로 남을 비방, 비난하는 것이 주는 달콤한 쾌락은 거부하기 힘든 유혹이다.

남을 비방하거나 비난하는 말, 음해하거나 거짓의 말이 입 밖으로 쏟아져 나오려 할 때 '꿀꺽' 삼켜라. 이런 침묵이라면 보석보다 빛난다.

말은 가벼우면서도 무거워야 한다. 가벼울 때 가볍고 무거울 때 천근의 무게감이 있어야 한다. 같은 맥락에서 침묵해야 할 때 침묵하고, 저항할 때는 강렬하게 외쳐야 한다. 하지만 현실의 언어는 고삐 풀린 말처럼 제 멋대로 날뛰는 본성이 있기에 가벼워야 할 때 무겁고, 무거워야 할 때 가볍다.

마음이 가는 대로, 양심이 시키는 대로 하는 것이 바른 말이지만, 그 말이 항상 타인에게 유익한 것은 아니다. 따라서 옳은 말은 타인을 행복하게 하고 세상을 이롭게 해야 한다. 따라서 옳은 말은 가벼움과 무거움을 넘어선 '바르고 선한 마음'에서 나온다.

울부짖어야 할 때 울려 퍼지는 외침처럼, 침묵해야 할 때 침묵함으로써 우리는 보다 아름다운 인간이 되고, 사회는 건강해진다. 욕망의 끈을 끊어버리는 것은 어렵다. 그럼에도 불구하고 근거 없는 비난과 비방은 꿀꺽하고 목구멍으로 삼킬 줄 아는 자가 '멋진 사람'이다.

생각의 틀과 감정의 틀의 상호순환

생각의 작은 흐름들이 모여 '생각의 틀'을 형성하고, 감정의 작은 흐름들이 모여 '감정의 틀'을 형성한다. 이 둘의 유기적 결합이 '성격'이다. 따라서 성격은 변하지 않는다고 하지만 생각과 감정의 변화에 따라 성격도 변한다.

나는 감정과 생각은 흐르는 동시에 축적된다고 생각한다. 지금 나에게 일어나는 감정은 물처럼 흘러가고 바람처럼 지나간다. 하지만 감정이 지나간 자리는 전과 다르다. 감정의 흐름은 '감정의 틀'을 바꾸고 이런 과정이 반복되면 '감정의 틀'은 스스로 느낄 만큼 변한다. 생각도 마찬가지다.

또한 감정의 흐름은 생각의 흐름에 영향을 주고, 생각의 흐름은 감정의 흐름에 영향을 준다. 이처럼 감정이 생각의 흐름에 따라 변하듯이, '생각의 틀' 역시 '감정의 틀'이 변함에 의해 바뀐다. 이성과 감성의 상호작용으로 감정과 생각은 끊임없이 변한다. 이런 변화와 축적의 과정을 겪으면서 '감정과 생각의 틀'은 넓고 깊고 유연해진다.

강력한 폭풍에 바위가 산 아래로 떨어져 깨어지기도 하고, 거센 물살의 흐름에 거친 돌멩이가 둥글게 되기도 한다. 마을길에서 둥글고 매끈한 돌멩이는 날카롭지 않아 부상이나 위험을 최소화하지만 물속에서는 미끄러워서 위험하다. 감정이나 생각의 틀도 마찬가지다. 둥글게 변하면 무조건 좋고, 각지고 거칠게 변하면 나쁘다고 말할 수 없다. 상황에 따라 다른 것이다.

'감정이나 생각 틀'의 선순환을 통한 인격적 성장을 바탕으로 직면하는 상황에 적합한 감정과 생각을 표출할 때, 이를 '유연한 성격'이라 한다.

최고의 칭찬,
최고의 존중

●
○

내가 경험한 최고의 칭찬은 'MBC'란 말에 대한 상대방의 반응이었다. 직장동료와 얘기하다가 나의 말투가 너무 부드럽다는 반응에 즉흥적으로 내 별명이 "MBC입니다"라고 답했다. 이 말은 마아가린(Margarine), 버터(Butter), 치즈(Cheese)의 첫 글자를 따서 만든 조어로 좀 느끼하다는 의미가 들어있다는 설명을 덧붙였다.

웃자고 무심히 던진 말에 대한 그의 응답이 너무 감동적이었다. "MBC, 다 내가 좋아하는 것들이야." 부정적 답변을 예상했는데 동료가 한 예상 밖의 짧은 멘트는 그 순간 나를 짜릿하게 감전시켰다.

'아부'나 '아첨'처럼 진정성이 담기지 않은 말일지라도 내가 그 말을 진심어린 칭찬과 위로로 받아들여 다시 일어설 힘을 얻었다면, 악의로 한 말일지라도 선의로 받아들여 감격했다면, 절망 속으로 추락하던 마음을 일으켜 세워 희망으로 나아가게 했다면 그 말은 '최고의 칭찬'으로 충분한 자격이 있다.

이에 더해, 젊은 세대나 자녀들이 느끼는 '최고의 존중'은 '경청'이라 생각한다. 나는 아직까지 '너무 많이 듣는다'는 비난을 들어 본 적이 없다. 왜 학생과 젊은 사람들은 멘토를 좋아할까? 선생님, 부모세대와 달리 멘토는 듣는 사람의 입장에서 소통하기 때문이다. 적어도 멘토는 멘티의 말에 경청하는 척이라도 한다. 그래서 학생들은 부모세대로부터 멀어지면 멀어질수록 자신들의 말에 귀 기울여주는 멘토에게 다가간다.

'웃음과 행복'에 대한 단상글 모음

까닭 없이 우울감에 사로잡힐 때가 있다. 자기 자신이 무가치한 존재처럼 느껴질 때가 있다. 쓸쓸한 가을비에 젖어 길바닥에 달라붙은 채, 무수한 발들의 짓밟힘 속에 찢겨진 낙엽처럼 초라해질 때가 있다. 찌그러진 종이컵처럼 자존감이 뭉개질 때가 있다. 살아가는 동안, 그런 때가 종종 찾아온다. 그냥 웃자. 마법처럼 우울한 기분이 사라지는 놀라운 경험이 찾아온다.

쪽박과 대박의 차이는 무엇일까? 즐거움이다. 즐거운 인생은 대박이고, 즐겁지 않은 인생은 쪽박이다.

화려한 밤도 좋고 격렬한 춤도 좋은데, 화려한 밤에 추는 격렬한 춤은 얼마나 좋을까? 웃는 것도 즐겁고 대화하는 것도 즐거운데, 웃으면서 대화하는 것은 얼마나 즐거운가.

노력은 배신당할 수 있다. 하지만 노력의 결과에 상관없이 좋아하고 하고 싶은 일을 즐겁게 했다면 그것으로 충분하다. 따라서 웃으면서 즐거운 마음으로 노력해야 할 이유는 분명하다. 더하여 무엇이라도 즐겁게 할 때 덤으로 행운이 따라줄 가능성이 크다. 행운은 미소를 가장 좋아하기에.

좋은 사람하고 나누는 술자리 대화에서는 자연스럽게 나의 가슴이 상대방에게 다가간다. 가벼운 말의 오고감 속에서 간혹 귀가 쫑긋해지는 말을 들을 때, 입에서 시작된 웃음은 귀에 걸리고, 무릎을 치면서 가볍게 호응을 한다. 듣는 즐거움에 흠뻑 취한 날은 술도 잘 취하지 않는다. 가뭄에 단비를 만난 듯 향긋한 술이 내 마음 구석구석으로 흘러들어가 바위처럼 굳어졌던 마음을 촉촉하게 적시면서 긴장감을 풀어준다.

온몸의 생기를 깨우는 상쾌한 바람, 막 잠을 깬 나른한 얼굴에 스치는 차가운 새벽공기, '텅 빈 충만'이란 말이 떠오르는 기분 좋은 공복감과 함께 오늘도 즐겁고 행복한 기대감으로 마음은 부풀어 오른다. 뭐든지 할 수 있다는 의지가 불끈 솟는다.

살아있다는 '그 자체'가 고맙다는 느낌이 든다. 매일매일이 '이런 날'이면 좋겠다.

장기자랑이나 분위기를 띄워야 하는 자리라면 웃음거리가 될지라도 광대가 되어봄도 신명나는 용기다. 옛말에도 '멍석을 깔아주면 뒹구는 것이 예의'라고 하지 않던가. 웃음과 감동을 주지 못하면 어떤가. 설령 능력과 준비 부족으로 웃음거리가 되더라도 훌훌 털고 일어날 여유만 있다면 모두에게 행복플러스가 될 것이다. 그래서 나는 오늘도 즐겁게 '피에로의 길'을 간다.

아메리카노는 에스프레스에 물을 타서 희석시킨 것으로 전쟁 중에 미군들이 에스프레소에 물을 타서 마신 것에서 착안했다. '아메리카'에 이탈리아말로 '처럼'에 해당되는 '노'를 붙여서 만든 말이라 한다. 나는 따뜻한 아메리카노를 좋아한다. 태양 아래서 함께 땀을 흘리면 누구나 친구가 되고, 모닥불에 둘러앉아 '연가'를 합창하면 누구나 순수한 동심이 되듯, 따뜻한 커피 한 잔으로도 행복감이 온몸으로 전해진다.

좋은 말을 좋은 행동으로 바꾸는 사람이 '생의 연금술사'이고, 나쁜 감정을 좋은 감정으로 바꾸는 사람이 '감정의 연금술사'이다. 천사란 기쁨을 주는 존재. 따라서 매일 세상에 웃음과 기쁨을 선물해 주고 있다면, 당신은 '일상의 천사'다.

"외로워도 슬퍼도 울지 마라." 그것이 인생이다. 웃으면서 고독을 끌어안고 당당하게 살아갈 수 있다면 주체적인 삶을 살고 있는 것이다. 항상 웃고 떠들고 다닌다고 해서 즐겁고, 행복한 삶을 사는 것은 아니다. 웃음 속에 진지함이 없고, 말의 성찬 속에 깊은 고민이 없다면 그냥 껍데기의 삶을 사는 '속빈 강정'일 뿐이다.

나는 믿는다. 사람은 변할 수 있지만 사랑은 변하지 않는다고. 정의로운 자는 짓밟아도 정의를 짓밟을 수 없다고. 꿈꾸는 자는 사라져도 꿈은 사라지지 않는다고. 자유인을 가둘 순 있어도 자유를 가둘 순 없다고. 진실을 말하는 자는 죽일 수 있어도 진실을 죽일 수는 없다고. 마음에 사랑과 정의가, 심장에 자유와 진실이, 가슴에 꿈과 행복이 있다면, 우리는 지금 환한 웃음으로 살아있다고.

'삶과 일상'에 대한 단상글 모음

멋진 걸음의 비결은 첫발을 힘차게 내딛는 것이고, 멋진 이미지의 비결은 시원하고 활기찬 목소리이다. 자신감과 힘이 넘치는 목소리는 표정에 생기를 돌게 하고, 얼굴에 활기가 넘치게 한다. "목소리가 표정"이라는 말은 불변의 진리다. "첫인상을 결정하는 것은 인상이 아니라 인사"다. 밝고 힘찬 인사로 하루를 시작하라.

"인생은 유한하지만, 삶을 가치 있게 만드는 데는 충분히 길다." 아들러의 말이다. 평균수명 40살인 조선시대라면 이 말에 공감하지 않는다. 하지만 평균수명 100세 시대다. 삶을 가치 있게 만드는 데 충분한 시간이다.

인생은 일상이며, 일상은 시간의 조각으로 이루어졌다. 그리운 연인을 만나기 위해 설레는 마음으로 약속장소로 가는 동안에 벌어지는 것이 인생이다. 이런 순간순간으로 이루어진 삶에서 누군가는 멍 때리고, 누군가는 책을 읽고, 누군가는 깊은 생각을 하며, 누군가는 만나야 할 사람과의 대화를 생각하고, 누군가는 따뜻한 햇볕을 즐기면서 싱그럽게 걷는다. 사람마다 다르다. 짧은 순간, 그 사람의 행동이, 그 사람의 인생이다.

일상은 약속이다. 나는 약속에 대한 강박증이 있어서 약속시간 10분 전에 여유 있게 도착하고, 기다리는 동안 할 말을 미리 생각하는 편이다. 강박증은 권할 게 아니지만, 약속시간에 여유를 갖는 것은 긍정적인 효과가 있기에 약속장소에 조금 일찍 나서면 좋다. 집에 나서는 발걸음이 여유가 있고 걷는 것을 즐길 수도 있다.

시간의 '저편'은 없다. 시간은 '내 편이거나 적일 뿐'이다. '시간이 좀 더 있었다면 내 삶이 달라졌을 텐데'라는 생각은 시간을 적으로 만드는 것이다. "매일 86,500원의 돈이 입금된다면 어떻게 할 것인가"라는 어느 신문 칼럼의 제목처럼 매일 주어진 86,500초를 86,500원 만큼이라도 소중하게 생각한다면 분명 '시간은 내 편'이 될 것이다.

삶에서 한계에 부딪칠때마다 한계를 극복하고 뛰어넘으라 한다. 한계는 신이 정해 놓는 것도 아니다. 한계는 내가 정한 것이다. 그래서 "자기를 이기는 자가 가장 강한 자"다. 박쥐가 동굴 속 세상으로 나오고, 새가 알을 깨고 나오며, 인간이 두려움에 자신을 던질 때, 박쥐는 황금박쥐가 되고, 새는 대붕大鵬이, 인간은 초인이 된다.

당당한 자기표현이나 주장은 간곳없고, 분노와 불만, 혐오와 비방을 익명의 장막 뒤에 숨어 무책임한 막말과 궤변으로 풀어버리는 것은 구정물의 토악질일 뿐이다. 표출되는 언어가 거칠어질수록 세상을 바꾸는 행동은 급격히 줄어든다. '헬조선'을 말하면서 소주잔에 분노와 절망을 넣고 해롱거리는 것보다 지금 마주한 자의 처진 어깨를 두드려주고 함께 걸어가라. 작지만 따뜻한 행동이 더욱 절실한 때다.

14세기 영국 철학자 윌리엄 오컴은 "복잡한 이론과 간단한 이론이 있을 때, 복잡한 이론이 맞는다는 확증이 없는 한 간단한 이론을 선택해야 한다"고 했다. '오컴의 면도날'이론이다. 삶에 대한 태도나 관계의 설정, 의사결정의 경우에도 '단순성의 원리'가 필요하다. 싸움도 마찬가지다. 큰 동작보다는 짧고 간결한 동작이 유리한 경우가 많다. 이처럼 '오컴의 면도날'은 단순한 삶의 중요성을 말해준다. 쓸데없는 일들 때문에 삶을 거추장스럽게 만들지 마라.

김용택 시인이 "섬진강은 강폭이 좁고, 강물이 얕아서 농사짓는 사람들도 강물을 건너서 오고 간다고. 그래서 섬진강은 바라보는 강이 아니라, 몸을 적시는 강이라"고 한 말에 가슴이 촉촉이 젖는다.

인간은 모든 동물 중에서도 신체적으로는 가장 미숙하지만 감성적으로는 가장 순수한 영혼으로 태어난다. 신체적으로 늙어가는 것은 어쩔 수 없지만, 나이들어 갈수록 순수한 영혼은 그 빛을 잃어버린 채, 타락해가는 것에서 인간의 비극이 시작된다.

세상엔 눈물로 얼룩진 진한 화장의 얼굴처럼 '유치찬란'한 삶도, 역겨움에 토악질이 나오는 '치사찬란'한 삶도 있다. 하지만 나는 "창을 좋아하는 것은, 태양을 좋아한다는 말보다 눈부시지 않아서 좋다…"는 김현승의 시처럼 은은하고 담백한 삶이 좋다.

시계바늘처럼, 다람쥐 쳇바퀴 돌 듯 반복되는 삶 속에서 파격과 변화를 추구하다 잠시 길을 잃은 사람들아. 두려워하지 마라. 안개 속을 지나면 다시 길이 보인다. 아이러니하게도 삶은 도전과 모험이란 일상의 파격을 두려워하는 자를 먼저 파괴한다.

플라톤은 "선량한 사람은 돈이나 명예에 아랑곳하지 않고 '통치'(rule)하지 않으려 한다. 통치를 거부한 이들이 치르는 가장 큰 대가는 자신보다 저열한(또는 사악한) 사람에게 지배당하는 것이다."라고 말했다. 정치혐오증을 벗어나라. 혐오는 나와 세상을 어둡고 우울하게 만드는 전염병과 같다. 적당한 거리를 유지하면서 일상의 정치에 사랑과 관심을 가지고 참여하라. 그것이 나와 세상을 밝게 하는 등불(guiding light)이다.

밥벌이에 매달리는 현실의 고단함, 공허함으로부터 도피, 일시적인 위로를 얻는 드라마는 평범한 사람들이 손쉽게 누리는 일상의 즐거움이다. 하지만 자신도 모르게 드라마에 중독될 때, 누군가의 말처럼 신기루 같은 환상의 시간이 끝나면 환장할 일이 생겨나고, 몸과 마음은 황폐해진다.

'설렘'에 대한 단상글 모음

●
○

설렘을 기다리며

세상만물은 존재의 이유가 있고, 세상의 모든 일은 때가 있다. 나뭇잎이 바람에 흔들리듯이, 사람 마음은 사랑 때문에 설레야 한다. 죽은 나뭇가지는 바람에 부러지듯이, 죽은 마음은 사랑에 설레지 않는다.

인생은 짧아서 아름답고, 밤도 짧기에 아름답다. 저녁노을도 '불꽃놀이'처럼 짧아서 아름답고, 젊음도 짧아서 더 아름답다.

"가을엔 편지를 하겠어요. 누구라도 그대가 되어 받아 주세요. '모르는 여자'가 아름다워요"란 시구처럼 매 순간 우리 앞에 어떤 즐거움과 짜릿함이 기다리고 있는지 '모르는 인생'이 더욱 아름답다.

살아있다면, 반드시 가슴이 움직여야 한다. 아무리 두려움과 공포에 의한 떨림일지라도 말이다. 그 떨림이 그리움에서 피어나는 것이라면 더욱 좋다. 설렘이 없는 사랑은 사랑이 아니고, 간절함이 없는 도전은 도전이 아니며, 두려움이 없는 사람은 인간이 아니다. 죽지 않을 정도로 즐겁게 전진할 수 있는 고통이라면 도전하라. 숨이 멎을 것 같더라도, 즐겁게 감내할 수 있다면 끝까지 인내하라.

신영복 선생은 말했다. "북극을 가리키는 지남철은 무엇이 두려운지 항상 바늘 끝이 떨고 있다. 여윈 바늘 끝이 떨고 있는 한 우리는 그 바늘이 가리키는 방향을 믿어도 좋다"고. 그렇다. 세상의 모든 신뢰할 수 있는 것은 떨고 있다. 인간에 대한 사랑을 지닌 모든 것들은 그 사랑을 잃을 수도 있다는 두려움에 떤다. 따라서 떨림을 멈춘 사람에게는 더 이상 사랑이 남아있지 않다. 사랑은 '즐거운 떨림'이고 '설레는 긴장감'이다.

설렘의 환상

어떤 사랑일지라도 더 이상 설레지 않는 관계는 끊어야 한다고 믿었다. 하지만 너무 성급한 판단이었다. 태양 아래 모든 것은 변하듯이 영원한 사랑을 믿는 것은 망상에 가깝다. 지금의 설레임이 내일도 지속되리라는 보장은 없다. 더 이상 설레지 않은 사랑을 버려야 한다면 버려지지 않을 사랑이 얼마나 될까?

정리의 달인 곤도 마리에는 말한다. "설레지 않으면 버려라"라고. 하지만 나는 거꾸로 묻고 싶다. '당신 주위에 설레게 하는 것들이 남아있는가.' 별로 없다. 설레지 않는 것을 다 버려야 한다면 나와 관계 맺은 모든 것을 다 버려야 할지도 모른다. 그것은 죽음이나 다름없다.

지금 설레지 않는다고 다음에도 설레지 않는 것은 아니다. 따라서 설레지 않으면 버리라는 말에는 부분적으로만 동의한다. 물건이든 사람관계이든 더 이상 설레지 않아 함께 있을 때 고통스럽다면 그때 정리하라고.

아울러 무감각해지고 둔감해진 설렘의 감정을 회복하는 연습을 통해서 사소한 것에서 행복을 느끼고 작은 감동과 떨림에도 설렐 수 있는 감성을 회복해야 한다.

‘사랑의 랩소디(Rhapsodie)’에 대한 단상글 모음

‘내가 제일 잘나가’라는 중독성 있는 노랫말이 있다. “오늘 내가 제일 멋져”라고 스스로에게 말하라. 외모와 옷차림을 가장 매력적으로 치장하고, 가장 좋은 음식을 먹고, 멋지고 건강한 최적의 몸 상태를 만드는 데 가진 돈과 에너지를 우선적으로 투자해라. 내 몸 사랑이 자기 사랑의 시작이다.

사과는 우연히 따먹은 사과가 가장 맛이 있고, 바람은 우연히 부는 바람이 가장 시원하다. 그래서 죽음보다 강한 사랑이나, 소설이나 영화 같은 사랑은 모두 운명을 가장한 우연에서 시작된다. 서정주 시인은 자신을 만든 게 8할은 바람이라고 했고, 《언어의 온도》의 저자는 ‘삶의 9할은 사랑’이라고 했지만, 나는 삶의 7할은 '우연과 행운'이라고 생각한다. 따라서 성공하거나 실패한 사람의 7할은 그냥 운이 좋았거나 나빴을 뿐이다.

계절의 변화는 성격도 변화시킨다. 사계절은 한국인에게 인내와 기다림, 다양성과 변화를 자연스럽게 받아들이는 DNA를 생성시켰다. 하지만 두 계절로 바뀌어가면서 성격도 뜨겁거나 차가운 극단으로 변해간다. 사람에 대한 감정도 뜨거운 사랑과 칼날 같은 증오를 오락가락한다. 극단을 포용하면서 완충역할을 하는 온화한 성격이 사라지고 있다.

우리나라 사람에게 가장 부족한 유전인자가 관용과 사랑이다. 그로 인해 '다름에 대한 불인정'과 '타인에 대한 불관용'이 팽배해 있다. '원수를 사랑하라'는 말은 역설적으로 '원수를 사랑할 수는 없다'는 말이며, '누구나 부처가 될 수 있다'는 말은 '인간은 부처와 같은 삶을 살 수 없다'는 말이다. 예수나 부처가 위대한 것은 완벽해서가 아니라 불완전함을 인정하고 인류에 대한 사랑과 관용를 실천했기 때문이다.

가까운 사이일수록 '사랑과 증오'가 동전의 양면처럼 붙어다닌다. 그래서 조금만 틀어지면 배척과 증오를 동반한 잔혹한 관계로 순식간에 변질되기 쉽다. 우리는 수많은 부부나 연인, 가족 관계 속에서 '공감의 폭력성과 잔혹함'이라는 역설을 경험한다. 가장 깊은 유대와 사랑을 형성해야 하는 관계에서 가장 적대적이고 원수 같은 관계로 변하는 것이다. 이승만 정권 시대에 민주당의 대표적 선거구호인 "못살겠다 갈아보자"에 대항한 자유당의 구호가 "갈아봤자 소용없다"였다. 옆집 사람과의 비교로 배우자에게 깊은 상처를 주는 이유는 옆집 사람과 살아보지 않았기 때문이다. 분명한 것은 비교의 기준인 그 옆집 사람 역시 옆집 사람에게 비교를 당한다는 것이다. 하여, 지금 내 옆에 누워있는 나의 가족을 사랑하고 소중하게 생각하는 사람이 세상에서 가장 행복한 사람이다.

'상생과 나눔'에 대한 단상글 모음

●

○

들판에 버려진 '지푸라기' 하나에도 우주의 섭리가 자리하고 있다. 임계점을 설명할 때 자주 인용하는 "낙타의 등을 부러뜨리는 것도 마지막에 얹은 지푸라기 하나다"라는 말처럼, 절박한 생사의 갈림길에서 절실한 마음으로 부여잡은 지푸라기는 죽음을 삶으로 되돌려놓기도 한다. 누군가의 죽음을 삶으로 바꾸어 놓을 수 있는 '지푸라기 하나' 같은 역할만 할 수 있어도 인생은 충분히 아름답다.

'남겨야 산다'는 살아있는 경영의 신이라고 불리는 이나모리 가즈오의 신조다. '남겨야 산다'는 역설적인 표현으로 남기는 것에 집중하는 것이 아니라 나누는 것에 초점을 맞추는 삶이다. 나는 '나누는 삶'이 자기사랑이라 생각한다. 왜냐하면 '나눔'은 베풀수록 자신의 삶이 풍부해지는 '이기적인 사랑'이기 때문이다.

약육강식의 법칙이 지배하는 동물의 세계에서도 상생은 신비스러운 생존본능으로 작동된다. 어떤 종류의 개미는 허기져 쓰러진 동료개미를 위해 먹은 음식을 토해서 나누어 준다. 흡혈박쥐는 굶주린 동료에게 자신의 피를 나눠주는 '최고의 희생'을 보여준다. 상생과 나눔을 강조하는 인간이 이들보다 나아 보이지 않는다. 그럼에도 불구하고 사회적 동물이란 말처럼, 인간에게 "상생과 나눔이 최고의 미덕"임을 잊지 말아야 한다.

모든 시내가 바다에 이르고, '벼는 익을수록 고개를 숙이듯'이 낮은 곳으로 내려가서 힘들게 일하는 사람들의 이야기에 귀를 기울이고, 그들을 진심으로 따뜻하게 안아주고, 질문하고 물어보기를 하는 것은 아무나 할 수 없다. 세상의 모든 것과 눈높이를 맞출 줄 아는 자, 인간에 대한 존중과 사랑이 충만한 사람만이 할 수 있다.

'선택과 열림'에 대한 단상글 모음

●

○

영화 〈바그다드 카페〉는 누군가와 친밀하게 마음을 주고받으며 지내고 싶거든 먼저 마음을 열고 진심으로 다가가야 한다는 평범한 진리를 다시 생각하게 한다. 〈바그다드 카페〉 여주인공이 에스프레소에서 아메리카노에 적응하듯이, 소통은 서로에 대한 열림이다. 그럼에도 불구하고 인간관계에서 변하지 않는 또 하나의 법칙이 있다. 아무리 노력해도 서로 가까워지기 어려운 사람이 있다. 그런 관계는 그냥 버려라.

지금 가난하다면 그것은 주어진 운명이다. 하지만 지금 불행하다면 그것은 선택한 것이다. 지금 하고 싶은 일을 못한다면 갇혀있는 삶이다. 하지만 지금 즐겁게 일하지 않는다면 그것은 내가 선택한 것이다. 삶의 행복은 선택에 달려있다.

찌질한 사람은 쓰레기나 찌꺼기를 남기고, 멋진 사람은 향기를 남긴다. 가장 완전한 삶은 가장 평범한 삶 속에 있다. 평범한 삶이 비루한 것이 아니다. 즐겁지 않는 삶이 비루한 것이다. 지금 이 시간이 즐거워야 할 이유다.

가진 자들이 교만과 자만을 버릴 때 '좋은 사람'이 될 가능성은 무궁무진하지만 그렇게 된 사람은 거의 없다. 사회적 약자가 가진 자가 될 가능성도 거의 없지만 죽을힘을 다한다면 '이룬 자'가 될 수는 있다.

버림받은 자가 되기보다는 선택받은 자가 되라. 나아가 선택받은 자보다는 스스로 선택하는 자가 되라. 그것이 '나만의 역사'를 만들어가는 길이다. 스스로 선택하는 자가 되기 위한 최고의 덕목은 불굴의 인내심이다. 유명한 '마시멜로 효과 실험'이 보여주듯이, 더 많이 인내한 학생이 자발적 의지가 강하고, 스스로 선택하는 자가 될 가능성이 높다.

"눈앞에 기회가 나타났을 때 지나치게 재지마라." 빠르면 빠를수록 기회를 잡을 가능성이 크다. 여기 '난폭한 야생마'나 '억센 활'이란 기회가 있다. 내가 난폭한 말을 길들일 수 없고, 억센 활을 당길 수 없다면 그것은 '그림의 떡'이다. 하지만 그 말을 다룰 줄 알면 세상에 둘도 없는 명마가 되고, 그 활을 자유자재로 당길 줄 알면 필살의 무기가 된다.

일자리를 얻을 가능성이 적고, 결혼을 해서 가족을 부양할 능력이 없다고 생각하는 젊은이들은 '나 홀로 삶'을 선택할 것이다. 대부분의 청춘이 겨우 혼자 먹고 살 수 있는 돈만 벌 수 있는 시대에 타인의 시선으로부터 상대적으로 자유로운 '1인 가구'의 삶은 거스를 수 없는 추세다.

"더럽지도 않은 그릇을 씻으려고 하지 마라"란 말을 한다. 이는 더럽지 않은 그릇을 씻는 시간을 줄이는 대신에 시간을 좀더 건설적이고 즐거운 일에 투자하라는 말이다. 삶과 일에는 우선순위가 있어야 하고, 선택과 집중이 필요하다. 그것이 누구에게나 주어진 24시간을 그 이상으로 사는 방법이다.

'생존'에 대한 단상글 모음

밥벌이가 절박한 사람에서 꿈꾸라고 하는 것은, 사흘 굶은 사람에게 김이 모락모락 나는 따끈따끈한 만두를 앞에 두고 사흘만 더 참았다가 먹으라는 말과 같다.

놀라운 것은 공포를 직시하면 공포 앞에서 웃을 수 있고, 두려움을 직시하면 두려움 앞에서 춤출 수 있다는 것이다. 이때 인간은 공포와 두려움이 즐거움으로 바뀌는 마법의 순간을 경험한다. 두려움이 두려움을 낳고, 기쁨이 기쁨을 낳고 즐거움이 즐거움을 낳는다. 일어나는 감정과의 당당한 대면이 최고의 생존법이다.

자극과 쾌락의 난무함은 사람의 본성을 변화시킨다. 치열한 생존경쟁으로 지치고 고단한 사람들은 기괴하고 폭력적이고 희귀하고 엽기적인 얘기를 좋아해서, 평범한 얘기는 흥미를 끌지 못한다. 따라서 보통 사람들의 진솔한 이야기를 다룬 '인간시대'보다는 막장드라마를 더 좋아하고, 아름다운 풍광보다는 밤거리의 화려한 끈적거림과 피가 튀는 잔혹함에 더 관심을 가신다.

생존의 외로움에 지친 삶 속에서 우연히 로또복권에 당첨되고, 카지노나 경마장에서 대박이 터져 환희의 춤을 추었다면 그것은 파멸의 시작이다. 단 한 번의 행운에 만족하지 못하고 또 다른 대박을 꿈꿀 때, 기쁨은 태양의 열기에 녹아내린 눈처럼 순식간에 사라지고 영원히 벗어날 수 없는 중독의 굴레에 갇힌다. 그 "중독의 끝에는 지옥"이 기다리고 있다.

'도전과 용기 그리고 실행'에 대한 단상글 보음

문제해결에 자신이 제외되어 있을 때는 '백약이 무효'다. 온갖 고민과 생각으로도 해결될 수 없고, 전문가의 도움으로도 근본적인 치유가 될 수 없을 때, 해결책이 없다는 벼랑 끝 절망감이 스스로를 파괴시킨다. 정신적 문제의 유일한 해결과 치유는 스스로 움직이는 것이다.

'변화의 중심에 내가 있다'는 선문답보다는 변화하기 위해 지금 움직이라는 말이 더 설득력이 있다. 실행의 결심은 달빛 속으로 꼬리를 감추는 붉은 도마뱀처럼 순식간에 사라지고, 실행의 기회는 어둠 속으로 숨어버리는 그림자나 스쳐가는 바람 같아 붙잡기 힘들다. 따라서 과감하고 잡아채지 않으면 그들은 언제나 한 발 앞서 도망간다.

기분이 우울할수록 스프링처럼 몸을 일으켜 강력하고 격렬하게 움직여라. 움직임은 몸과 마음에 긍정적인 공명작용을 일으켜 우울함을 날려버리는 힘이 있다. 한없이 마음이 가라앉을수록 영화 〈록키〉의 주인공처럼 뛰쳐나가 뛰어라. 뛰면 살 마음이 생기고, 살 길이 보인다. 웃음이 피어난다. 그것이 인생이다.

'무한도전'이란 말이 있다. 분명한 것은 익스트림 스포츠든, 어려운 자격증 취득이든 실제 도전해 보면 머릿속으로 그린 두려움이나 고통보다 훨씬 작다는 것이다. 상상 속의 무서움에 사로잡혀 있는 사람은 영원히 무한도전의 구경꾼에 머문다. 드러누운 소파에서 일어서서 상상 속의 두려움과 공포 속으로 뛰어드는 사람만이 무한도전이 선물하는 무한기쁨을 맛볼 수 있다.

'머무는 곳마다 주인이 되라'는 '수처작주隨處作主'의 의미처럼, 한 번뿐인 삶에서 자신이 좋아하고 하고 싶은 것을 하면서 살아라. 세상의 중심, 내 삶의 주인공으로 살아가기 위한 첫 단추는 움직이는 것이다. 그 움직임은 격렬한 운동일 수도 있고, 연인과의 강렬한 섹스일 수도, 독서 삼매경일 수도, 봉사활동일 수도, 일에 대한 몰입일 수도 있다.

동전의 양면처럼 최악의 순간은 찬란한 순간과 맞닿아 있다. 칠흑같이 깊고 푸른 어둠을 뚫고 살아남은 빛은 더욱 찬란하다. "밤이 깊으면 별은 더욱 빛난다."는 야심성위휘伇深星逾輝라는 말은 어둔 밤길을 걸어가는 수많은 사람들에게 위로와 격려가 되는 말이다. 어둠과 빛은 신이 맺어준 둘도 없는 친구다. 밤이 깊으면 별은 더욱 빛나듯이, 어둠과 빛은 서로를 돋보이게 만들어준다.

'깊은 어둠 속으로 들어갈 용기'와 '가장 낮은 곳으로 내려갈 용기'는 모두 겸손에서 시작된다. 시간이 지날수록 매력을 더하는 사람, 어둠 속에서 더욱 빛나는 별이 스타다. 두려움이든, 위험한 모험의 세계이든 깊은 어둠 속으로 들어갈 용기가 있다면 그는 어떤 분야든 빛나는 별이 될 가능성이 높다.

밤낮을 가리지 않고 인간을 유혹하는 쾌락과 환각, 체면과 허례허식에 갇힌 사람들에게는 어두운 동굴 속에서 뒤로 돌아 칠흑 같은 어둠을 헤치고 저 낮은 곳으로 내려가는 것은 불가능에 가깝다. 나는 그 불가능이 너무도 그립다.

"나는 믿는다.
사람은 변할 수 있지만
사랑은 변하지 않는다고.
…
꿈꾸는 자는 사라져도 꿈은
사라지지 않는다고."

PART 4

삐딱한 시선으로 세상 보기

시지프스 인생,
모래시계 인생

시지프스의 삶은 주어진 운명을 받아들이며 살아가는 것이고, 모래시계 인생은 주체적으로 운명을 만들어가는 삶이다. 시지프스는 제우스의 노여움을 사고 그 벌로 산 정상으로 바위를 밀어 올리는 일을 반복해야만 했다. 그가 바위를 산꼭대기에 밀어 올리자마자 바위는 산 아래로 굴러 떨어진다.

시지프스는 바위를 정상으로 밀어 올리면 다시 굴러 떨어질 것이기에 영원히 거대한 돌을 밀어 올리는 형벌을 벗어나지 못할 것이라는 사실을 알고 있다. 그런 점에서 인간의 삶도 '시지프스의 비극'을 닮았다.

사우나에 가면 볼 수 있는 것이 모래시계다. 나는 자주 대중목욕탕을 이용한다. 사우나에 들어서고 나면 습관적으로 모래시계를 뒤집는다. 모래시계는 위에 있는 모래가 다 쏟아지고 나면 다시 돌려놓아야 한다는 점에서 매일매일을 새로운 마음으로 시작해야 하는 인생과 닮았다.

그래서 나는 "인생은 모래시계"라고 생각한다. 살아있는 동안 주어진 역할을 다하기 위해서 죽어있는 나를 일으켜 세우고, 꺼져가는 생의 의지를 다시 불태워야 하며, 눈덩이처럼 커지는 불안과 두려움을 거꾸러뜨려야 한다. 매일 매일 오뚝이처럼 일어서야 다시 시작할 수 있다.

이것이 모래시계 인생과 시지프스 인생의 차이다. 시지프스 인생은 주어진 운명을 묵묵히 견디면서 '살아남기'이고, 모래시계 인생은 주체적으로 운명을 만들어가는 '살아나기'이다. 매일 무거운 바위를 언덕 위로 밀어 올리는 시지프스의 인내력은 본받을 만하지만 본질적으로 노예적 삶을 벗어나지 못한다. 하지만 모래시계 인생은 적극적인 삶이며 주체적 자아다. 왜냐하면 매순간 무너져 내린 마음을 스스로의 의지로 되돌려 놓기 때문이다.

흐르는 물처럼 인생도 흘러가지만 언젠가는 멈춘다. 죽기 전까지 흘러가기를 원한다면 어느 지점에서는 물살을 거슬러 올라가야 한다. 자연의 법칙을 거스르는 고통이지만 감당해야 한다. 그래야 길이 보이고, 다시 움직일 수 있다. 모래시계는 뒤집어야 작동하듯이, 뒤집혀진 마음이나 거꾸로 된 세상은 다시 뒤집어야 한다.

'매일 죽는 남자'란 소설이 있다. 그 소설 속 주인공은 '엑스트라'로 매일매일 죽는 역할을 하는 서글픈 인간이다. 하지만 '자살'을 뒤집으면 '살자'가 되듯이 '매일 죽는 남자'는 '매일 새롭게 사는 남자'다.

죽음 같은 잠을 자고 나면 새로운 마음으로 갈아입는다. 새로운 나에게 새로운 관계들이 폭풍처럼, 햇살처럼 찾아온다. 그 모두를 끌어안고 사랑하라. 새로운 관계로 표출되는 모든 감정을 존중하라. 하루하루에 감사하면서 자신을 비우고 새로운 삶으로 시작할 때 우리는 눈이 부시도록 푸르른 삶을 사는 것이다.

영웅,
유명인

2001년에 일어난 일이다. 당시 삼십대였던 나는 일본에서 날아온 고故 이수현씨의 이야기에 눈물을 흘렸다. 그가 사고로 세상을 떠난 것은 고려대 무역학과에 다니다가 도쿄로 유학생활을 한지 채 한 달이 지나지 않은 시점이었다.

아르바이트를 마치고 집으로 돌아오던 중, 중년의 취객이 선로에 떨어지는 걸 보고 그는 주저 없이 뛰어들었다. 당시 열차는 막 플랫폼으로 들어오고 있었고, 그는 취객과 함께 운명을 달리했다. 사고 상황에 대한 이야기에 가슴이 먹먹해졌다. 만취한 취객을 구하기는 늦었지만 피할 수 있는 시간이 있었음에도 불구하고, 그는 달려오는 기차를 향해 두 손을 흔들면서 멈추라고 수신호를 보냈다고 한다. 그는 영웅이 되었다.

상상의 세계와 일상의 세계는 다르다. 나는 슈퍼맨이나 배트맨을 '정의로운 영웅'이라고 생각하지 않는다. 그들을 일상의 현실에서는 마주치고 싶지 않다.

그들은 태어날 때부터 돈과 권력을 가지고 나온 금수저에 더해 초인적인 능력을 가지고 있기에 인생은 불공평하다는 자괴감이 들게 만든다. 나아가 그런 영웅들은 나쁜 악당을 물리치면서 필요 이상의 폭력과 파괴를 정당화한다.

그들에게는 악당의 제거라는 목표만 있지, 약자에 대한 진정한 사랑과 공감은 별로 없어 보인다. '권선징악'의 메시지에 따라 악에 대한 처절한 응징의 과정에서 자신의 놀라운 능력과 힘에 대한 과시욕만 불타오른다. 최근 '크리스토퍼 놀란' 감독의 제작한 '베트맨'시리즈처럼 영웅에게 '인간적 고뇌'가 느껴지고, '선과 악'의 본질과 그 불분명한 실체에 대한 무거운 질문을 던지는 경우도 물론 있다. 하지만 현실에서 그런 만화 캐릭터 영웅들이 돌아다닌다면 끔찍하고 공포스러울 것 같다.

그럼 신화적 영웅은 어떤가. 이들은 영화 속 영웅들보다는 다소 인간적이다. 아킬레우스도, 헤라클레스도 모두 약점이 있다. 진정한 영웅은 약점이 없는 사람이 아니다. 아킬레스가 아킬레스의 건 때문에 영원히 살아 숨 쉬는 영웅이 되었듯이 모든 영웅은 약점이 있음에도 불구하고 목숨을 걸고 두려움 속으로 자신을 던졌기에 영웅이 되었다.

생각을 벗 삼아

하지만 신화 속 영웅들도 고통과 핍박 속에서 힘겨운 삶을 살아가는 자들에 대한 관심보다는 가족의 몰락과 배신에 대한 복수에 매몰되고, 자신의 우월한 힘과 능력에 대한 자만에 도취되었다. 그런 점에서 모든 신화적 영웅은 나르시스트다.

"영웅은 시간이 흐를수록 더욱 영웅이 되지만, 유명인은 시간이 흐를수록 이름을 잃는다."는 다니엘 부어스틴의 말에 공감하면서도 사람들은 영웅보다는 유명인이 되고 싶어한다. 영웅은 목숨을 걸어야 하기 때문이다.

세상 모든 것에는 '빛과 그림자'가 공존하듯이, 인기를 얻어 유명해지는 것에는 치명적인 함정이 있다. 인기란 갈채와 환호를 희구하는 것은 자연스런 욕망이지만, 홍보에 의존한 이미지 효과는 신기루처럼 사라질 수 있음을 경계해야 한다. 자본주의 시대에서 미디어와 이미지 효과로 하루아침에 신데렐라가 될 수도 있지만, 한순간의 작은 실수나 헛발질에도 미끄러운 비탈길로 추락할 수 있음을 알아야 한다.

인간은 돈키호테처럼 수많은 약점으로 뒤범벅된 불완전한 존재이지만 스스로 희생과 열정의 귀감이 되는 영웅이 되거나, 고 이수현씨와 같은 사람들의 영웅담이면 충분하다.

샤덴프로이데

요즘들어 '사덴프로이데(Shadenfreude) 현상'에 대한 이야기를 많이 접하게 된다. 샤덴프로이데는 타인의 불행에서 희열과 쾌감을 느끼는 가학적이고 사악한 감정이다.

하지만 샤덴프로이데는 인간의 본성이기에 근본적으로 해결할 방법은 없다. 다만, 이타심 연습과 공감력 제고 노력을 통해 선한 마음을 키워 샤덴프로이데의 감정이 극단으로 흐르지 않도록 제어해야 한다.

나는 드라마 〈워킹데드〉를 보면서 '타인의 불행이 곧 나의 행복'이라는 잔혹한 공감, 즉 샤덴프로이데(shadenfreude)가 일상에 뿌리깊게 만연해 있다는 것을 느꼈다. 자본주의사회에서 사회적 약자나 최빈국의 국민은 걸어 다니는 유령, 살아있는 시체로 '워킹데드'인 좀비에 가깝다.

드라마 속 좀비는 슬로우 모션처럼 느리고 몸을 가누지 못할 정도로 허약한 존재다. 그들은 드라마에서 수백 배의 수적 우위에도 불구하고 주인공들이 가진 구식 총과 칼 등 알량한 무기에 의해 허깨비처럼 속수무책으로 목이 잘리고 머리가 쪼개진다.

드라마 속에서 권력과 자본을 가진 지배계층들은 모든 것이 갖추어진 지하도시에서 은밀하게 생활하고 있다. 드라마가 끝날 때까지 그 실체를 드러내지 않은 채.

현실에서도 우리는 생생한 드라마 속 세상을 본다. 이스라엘과 팔레스타인의 싸움, 미국과 유럽을 중심으로 한 서구제국과 이슬람과의 전쟁, 그 속에서 삶의 터전을 잃고 무너져가는 시리아와 이슬람 난민들, 모든 것을 약탈당하는 아프리카 국가들. 가진 자들에게 부스러기까지 강탈당하는 무기력한 약자들의 모습에게 나는 먼지처럼 쓰러지는 좀비를 떠올린다.

이들을 직접적으로 공격하는 자들은 돈과 권력의 최상층이 아니다. 최상층을 지켜주고 그들의 부와 권력의 세습을 강화시키기 위해 고용된 대리인들이 이들을 깨부순다. 하지만 이 싸움은 한 발짝 떨어져서 보면 '을 대 을'의 싸움으로 결국 '다 함께 죽는' 공멸에 이른다.

자본의 최상층, 슈퍼갑은 이런 싸움에서 벗어나 있다. 예전에는 장군과 왕이 전쟁의 선두에 나서기도 했지만 지금 시대에

슈퍼갑은 잔인한 상황을 게임처럼 즐길 뿐이다.

이렇게 잔혹한 공감인 샤덴프로이데(shadenfreude)가 일상화될 때, 막말과 포퓰리즘이 득세하게 된다. 사람들은 상식과 착한 말에 쉽게 반응하지 않으며, 일단 관심을 끌면 성공한 것이라 믿기에, 거짓말과 궤변을 막무가내로 쏟아낸다.

쾌락과 즐거움의 차이는 '뒤끝'이다

●

○

쾌락과 즐거움의 차이는 무엇일까? 나는 '뒤끝'이라 생각한다. 영화냐 오페라냐, 독서토론이냐 막걸리파티냐를 불문하고 뒤끝이 좋고, 기분 좋은 여운이 남는다면 즐거움이다.

유명작가와의 독서토론에서 불편함을 느꼈다면 즐거움이라 말할 수 없고, 분위기 있고 품격 있는 술자리의 어울림이라도 두통처럼 뒤끝이 찝찝했다면 저급한 쾌락의 찌꺼기를 탐닉한 것이다.

사람들은 자극적 쾌락추구를 부끄러워하고 죄악시할 뿐 아니라 비난한다. 물론 술과 섹스, 마약 중독만 아니라 극소수 부유층이 벌이는 극단적 쾌락 추구는 '공공의 적'이기에 철저히 경계하고 지탄 받아야만 한다.

하지만 쾌락추구를 무조건 죄악시, 백안시해서는 안 된다. 지금 우리사회의 더 큰 문제는 쾌락의 과잉이 아니라 쾌락의 억압과 거세다. 생존에 짓눌린 우리는 일상 속에서 웃음과 즐거움을 잃어버렸다. 따라서 잠자고 있는 쾌락과 즐거움을 깨워야 한다. 여유 없는 삭막한 삶이 일상의 즐거움을 몰아냈다.

역설적으로 적당한 쾌락은 즐거움의 다리역할을 한다. 따라서 사회가 역동적으로 작동하려면 일상 속에서 적당한 수준의 쾌락을 추구해야 한다. 쾌락을 추구하되 극단이 아니라 적당한 거리를 두고 절제할 수 있다면 쾌락은 즐거움으로 '양질전환'이 이루어진다. 이처럼 쾌락의 극단적 탐닉을 경계하되, 낙이불음樂而不淫(즐기되 빠지지 않음)이란 '절제의 도덕'이 필요하다는 것이 '쾌락의 역설'이다.

좋은 술은 뒤끝이 깨끗하듯, 쾌락과 즐거움의 차이는 '뒤끝'에 있다. 단순하게 말하면 "쾌락의 밤은 짧고, 고통의 낮은 길다"는 말처럼, 찰나적 쾌락 뒤에는 긴 고통이 따라오거나, 후회나 죄책감이 밀려온다. 극단적 쾌락을 억압하고 심지어 거세하는 이유다. 하지만 즐거움은 웃음소리가 지나간 뒤에도 깊고도 상쾌한 여운이 남는다.

터미널 효과

'터미널'은 역이나 공항에서 기차나 버스, 비행기를 기다리는 장소로 알고 있지만 한편으로는 마지막이나 최후란 의미로도 쓰인다. 그래서 불치병을 '터미널 디지즈(terminal diesese)'라고 한다.

사람들은 삶과 상황의 '마지막 순간'에는 관대해진다. 죽음을 앞둔 장례식장에서 가격을 흥정하는 사람은 거의 없다. 애인이나 가족과의 이별, 사랑과 슬픔이라는 격한 감정이 휘몰아치는 '터미널'이란 공간에서 음식 값을 따지거나 음식 맛을 탓하는 사람은 적다. 이런 경우 감정이 돈이라는 이성을 압도한다. 그래서 상인들은 그런 사람들의 심리를 이용하고, 고객들은 수용한다. 그래서 터미널 주변의 음식과 커피는 질이 안 좋고, 값은

20~50% 비싸다. '터미널 효과'다. 터미널 효과는 마케팅에서 감정이라는 인간의 비합리성이 어떻게 작동하는지 보여주는 상징적인 예다.

술과
커피의 전쟁

●
○

술과 커피는 '르네상스'의 태동과 밀접한 관련이 있다. 전국의 커피전문점이 5만개를 넘는다고 한다. 숫자가 말해 주듯 지금은 커피문화의 전성기다. 하지만 역사와 전통을 자랑하는 술문화도 만만치 않게 성행 중이다.

술과 커피의 전쟁에서 술이 이기면 마녀사냥이 판치던 중세를 이어받은 '신중세시대'가 열린다. 반면에 커피문화가 이기면 르네상스의 부활인 '신르네상스'가 도래한다. 인간이 술을 적당히 절제하여 커피처럼 대화의 윤활유로 이용할 수 있다면 술과 커피의 전쟁은 종식되고 함께 일상의 세계를 풍요롭게 만들 수도 있다.

중세는 신의 시대였다. 술의 신 디오니소스뿐만 아니라 모든 신은 술을 좋아한다. 그래서 중세에는 맥주로 대표되는 술 소비가 많았다. 술은 깊은 대화와 질문을 사라지게 함으로써 인간의 마음을 신을 향한 절대적 믿음으로 획일화시키는 데 일조했다. 종교는 다른 가치나 믿음을 허용하지 않는 절대적 신념체계이기에 '신의 시대'에서는 창의적 발상을 꽃피울 수 없었다.

이에 반해 인문학과 철학은 다양한 의견의 대립과 조화, 충돌과 화합으로 새로운 사상을 창출하고 세상을 보는 눈을 넓혀준다. 이런 철학과 인문학의 다채로운 꽃핌이 '르네상스'이며, 이를 지확산·지속시킨 일등공신이 커피다.

지금 시대에도 커피는 카페 등을 통해 자연스럽게 대화할 수 있는 분위기와 상황을 만들어주었다. 가족 간의 관계를 화목하게 하고, 동료나 친구와의 관계도 돈독하게 만들었다. 오늘날 스타벅스 등 커피숍은 커피를 마시는 곳이 아니라 대화와 소통의 장으로 자리매김했다.

반면에 술은 건강한 대화가 아니라 소음과 소란, 폭력은 물론 '야만의 증폭'을 야기한 기폭제 역할을 했고, 긍정보다는 부정적인 모습으로 일상을 혼탁하게 물들인다.

즐거움에는 차등이 있다. 술은 쾌락과 자극을 통한 휘발성 즐거움이 일반적이다. 반면에 커피를 앞에 두고 대화하는 것은 스트레스와 고민으로부터 즐거운 해방을 가져다주고 자연스럽게 일상의 인문학을 발전시킨다.

이처럼 술주도의 주점문화를 커피주도의 카페문화로 바꿈으로서 제2의 르네상스를 다채롭게 꽃피울 수 있다.

이렇게 생각하는 것은 개인적 경험 때문이다. 술자리는 아이디어와 생각을 질식시키고, 다음날 숙취로 인해 멍해진 머리는 제대로 작동되지 않는다. 반면에 커피문화를 바탕으로 확산되는 대화를 통한 창의적 아이디어의 분출은 창조적이고 생산적인 문화활동을 증진시킨다.

비교의 범위이론,
열등콤플렉스의 극복

●
○

드라마나 영화 속의 신데렐라나 재벌 왕자님 이야기를 통해 가진 자의 세상과 가난한 세상 간의 소통과 공감을 보여주려 하는 것은 역설적으로 두 세상은 교류와 공감이 존재하지 않는다는 것을 의미한다.

우리는 드라마 속 신데렐라 이야기나 재벌과의 사랑을 자신의 현실과 비교하지 않는다. 다만 판타지로 선망하고 동경할 뿐이다. 비교는 자기가 볼 수 있고, 닿을 수 있고, 만날 수 있는 사람들과 가능하다. 그래서 옆에 있는 동료의 작은 행운이나 작은 성취에 스트레스를 받는 것이다.

지금은 모든 것이 투명하게 공개되고, 누구나 감시당하고 감시할 수 있는 세상이 되었다. 따라서 자신의 의지나 의도와 상관없이 모든 사람들이 서로의 비교대상이 되는 비교의 굴레에서 벗어날 수 없다. 비교된 가난은 더욱 비참하고, 비교된 패배는 더욱 참담하기에 지금은 배고픔과 배 아픔의 이중고통 시대다.

비교는 피할 수 없는 인간의 본성이지만 개인마다 비교의 범위는 다르다. 일반적으로 드라마 속 신데렐라나 재벌 왕자님 이야기를 자신의 현실과 비교하지 않듯이, 자신이 정치인이 아니라면 간디나 링컨과 비교하지 않고, 프로 운동선수가 아니라면 메이저리그 추신수나 EPL의 손흥민과 비교하지 않으며, 자신이 배우가 아니라면 송강호나 김혜수와도 비교하지 않는다.

나아가 토론과 논쟁을 직업으로 삼는 사람이 아니라면 유시민 작가와 비교하지 않고, 아나운서나 앵커가 아니라면 손석희 앵커와 비교하지도 않는다. 그들은 비교의 범위를 벗어나 있기에 나보다 인기와 부를 누려도 배 아파하지 않는다.

일상의 삶 속에서 우리는 직장동료 아들과 내 아들을 비교하며, 친구 남편과 내 남편을 비교한다. 이처럼 '옆집 아저씨'와의 비교는 두 방향으로 전개된다.

한 방향은 비교대상과의 즐거운 경쟁을 통한 건강한 긴장관계가 생성되어 서로의 성장을 자극하고 일상에 활기를 불어넣는 '건강한 열등감'이다.

또 다른 방향은 자기혐오와 자기경멸, 나아가 타인에 대한 질투와 비난, 험담과 거짓의 뒤엉킴으로 나와 상대방을 동반추락 시키는 '열등콤플렉스'다.

비교로 인한 '열등감'은 인간이 지닌 본능적 감정이다. 따라서 열등감을 수용하면서 자신의 결핍과 부족을 당당하게 직시하는 건강한 열등감은 자기성장과 발전의 자양분이 된다.

하지만 '열등콤플렉스'는 내가 스스로 선택한 부정적 감정이기에 패배에 대한 합리화나 변명의 구실밖에 못한다. 열등콤플렉스는 중독성이 강해서 일단 열등콤플렉스에 빠지면 벗어나기 어렵고, 문제의 원인을 타인의 간섭 등 외부요인에서 찾기에 주체적 자아는 쪼그라진다,

열등콤플렉스에서 벗어나는 방법은 '현실수용'이다. 즉 비교함이 인간의 운명이라는 것을 수용함으로써, 나의 열정을 불태우는 동력으로, 나의 성장에 긍정적 자극제로 활용하는 것이다.

나아가 나보다 가난하고 외로운 사람과의 비교에서 내가 더 행복해지고 풍부한 존재가 될 수 있다면 길거리에서 이발을 해주고, 타인의 손발톱을 깎아주면서도 행복해하는 미얀마의 천사들과 비교하라.

이처럼 긍정적인 측면에서 비교가 삶의 건강한 긴장감을 주려면 유연하고 열린 마음이 있어야 한다. 비교에서 벗어날 수 없는 것이 인간의 숙명이라면 자발적으로 당당하게 받아들여

라. 이것이 열등콤플렉스를 극복하고 건강한 열등감을 바탕으로 나를 성장시키는 적극적 삶의 방식이다.

100세 시대, 지속가능한 결혼의 비결은

지금의 결혼제도는 존속할 수 있을까? 나비 박물관의 설명글에 애벌레가 멋진 나비가 되어 하늘을 맘껏 날아다닐 수 있는 생존확률은 2%에 불과하다고 했다. 아마 100세 시대에 부부가 함께 해로偕老할 가능성도 크게 줄었다.

결혼은 눈부신 축복이지만, 결혼해서 가정을 이루고 책임지는 삶을 살고 싶어도 그 책임을 다하지 못할 때 재앙이 된다. 미래는 가족을 책임질 수 있는 사람이 줄어든다. 수명이 늘어난 것은 인간이 절대적으로 원하는 축복이지만 책임질 수 있는 기회는 급격히 줄어든다.

부모는 일자리를 바탕으로 한 생활력으로 가족의 생존을 책임져야 하는데, 인공지능으로 대변되는 새로운 시대에 부의 양

극화는 더욱 벌어질 것이다. 이로 인해 야기되는 일자리 부족은 기존 가족의 붕괴를 확산시킴은 물론, 결혼에 대한 젊은 세대의 두려움을 더욱 커지게 할 것이다. 하여 미래에는 지금의 일부일처제라는 하나의 결혼방식보다는 다양한 형태의 만남과 관계맺음 방식이 혼재混在하여 나타날 것으로 생각한다.

그럼에도 불구하고 미래에도 유효한 지속가능한 결혼생활의 비결은 무엇일까. 첫 번째는 배우자에게 자유롭게 숨 쉴 수 있는 시간과 공간을 허락하는 것이다. "365일 피어있는 꽃은 향기 없는 조화밖에 없다"는 말처럼 "어디를 가든, 무엇을 하든 함께 있는 관계는 사랑 없이 의무감으로 사는 죽은 관계밖에 없다"는 말에 더 공감한다.

모든 인간관계에는 굴곡이 있다. 오르막이든 내리막이든, 천국과 지옥이든, 잘 풀리든 안 풀리든 큰 변화 없이 반복되는 것 같지만 좋을 때도 나쁠 때도 있다는 이야기다.

그래서 상식과 달리, 미래에는 매일 그림자처럼 붙어 다니는 부부보다 주말부부의 삶이 더 행복하고 밀도 있는 관계를 유지시킬 가능성을 높여 준다. 이는 사랑에도 절제가 필요하고, 배려와 존중에도 숨 쉴 수 있는 공간이 필요하듯, 부부간의 적당한 거리가 사랑을 더 오래 지속시켜 준다는 뜻이다.

두 번째는 배우자와 논쟁하지 말고, 먼저 져주는 것이다. '져주는 것이 이기는 것'이라는 말처럼 사랑하는 배우자를 위해 자존심을 무너뜨릴 수 있다면 사랑의 승리자다. 삶에서 패배함으로써 승리자가 되는 것은 사랑뿐이다.

사막에 모래보다 많은 것이 '모래와 모래 사이'듯이, 인간과 인간 사이에 있는 가장 소중한 것이 사랑이다. 타인에 대한 사랑이 없다면, 세상은 모래사막보다 더 삭막하고 황량할 것이다. 인간에 대한 '사랑'이 중요한 것은 사랑의 사라짐 '그 자체' 때문이 아니다. 사랑이 사라진 그 자리엔 반드시 '미움과 증오'가 자리 잡기 때문이다.

자존감,
자존심

●

○

최근에 우리 사회에 가장 많이 회자되는 말 중의 하나인 자존감이란 무엇인가? 이는 자존심과는 어떻게 다르며, 나아가 자존감과 자존심의 공존과 공생은 가능한 것인가?

개인적으로 이해한 자존감과 자존심의 개념이다. 자존감은 자기존중감을 바탕으로 남의 눈치를 보지 않으면서 당당한 태도로 자신의 품위를 지키는 것이다. 자존감이 높은 사람은 자기책임감이 강하며, 열린 마음을 가지고 있기에 자기존중과 함께 타인을 존중할 줄 안다.

반면에 자존심이 센 사람은 타인의 시선이나 평가에 민감하기에 타인에게 인정받고 존중받으려는 욕망이 강하다. 하여, 타인에게 최대한 피해를 주지 않으려 한다. 성취동기가 높지만 인정욕구가 좌절되면 마음에 쉬이 상처 받는다.

내가 이해한 자존감과 자존심의 차이를 한 마디로 말하면 '눈치보기'다. 자존감이 높다는 것은 남의 눈치를 보지 않고 산다는 말이다. 하지만 눈치보기(타인시선)는 인간의 숙명이다. 따라서 자존감과 자존심의 경계를 두부 자르기처럼 나눌 수 없으며, 인간은 타인의 시선이나 평가로부터 완전히 벗어날 수 없는 존재다. 하여, 자존감과 자존심 간에 차등을 두어 자존감은 높을수록 좋고, 자존심은 버릴수록 좋다고 단정적으로 말할 수는 없다고 본다.

자존감은 잘났던 못났던 자기자신과 현실을 있는 그대로 인지하고 인정하는 것에서 출발하는데, 인간이 타인의 시선으로부터 벗어날 수 없다는 것을 받아들인다면 자존감과 자존심의 거리는 '오십보 백보'에 불과할 뿐이다.

따라서 자존감을 높이기 위해 '남의 눈치를 절대로 보지 말고 살아라' '네 멋대로 살라'는 말은 설득력이 없다. 타인의 시선은 피할 수 없기에 우리가 일상에서 타인의 시선을 의식하는 것은 공기를 마시고 내뱉는 숨 쉬기와 같다는 것을 인지하고 인정해야 한다. 따라서 피할 수 없다면 적극적으로 타인의 시선을 즐기는 것이 오히려 현명하다. 아울러 타인과 어울려 살아가는 일상에서 '눈치'는 오히려 긍정적인 역할을 하고, 적당한 눈치는 원만한 인간관계의 윤활유가 되기도 한다.

관건은 '지나침'이다. 타인시선에 지나치게 예민하거나 둔감한 것이 문제다. 따라서 자존심이 지나쳐 타인시선에 갇히거나, 자존감에 매몰되어 타인시선에 둔감한 것이 아니라 타인의 시선을 즐길 수 있다면 상선약수上善若水(지극히 착한 것은 물과 같다)의 경지에 이를 수 있다. 남의 눈치에 지나치게 예민한 것도 분명 문제이지만 과도한 둔감함도 문제가 된다.

따라서 자존감과 자존심이 다 필요한 동등한 감정인을 인정하고 상호 '지나침'으로 인해 변질되지 않도록 절제와 균형을 추구해야 한다.

자존감은 자기존중감을 바탕으로 하기에 자기우월감과 자신에 대한 과대평가로 흘러 교만, 자만으로 변질되어 타인에 대한 무시와 차별, 경멸로 이어질 가능성이 있다. 이에 자존심의 작동으로 타인의 시선에 대한 두려움을 가지고, 자신의 행동을 돌아봄으로써 교만과 자만에 빠지거나, 타인을 차별하고 배척하는 말과 행동을 조심하도록 해야 한다.

자존심 역시 변질되면 탐욕과 책임회피로 나아가기 쉽기에, 자존감 강화는 탐욕과 책임회피를 방지하게 해주는 균형추 역할을 할 것이다.

따라서 나는 긍정적인 방향으로 결합한다면 자존심과 자존감은 둘 다 건강한 삶에 필요한 감정이라고 믿기에 자존감을 끌어올리고 자존심은 죽여야 한다는 이분법보다는 자존감과 자존심이 함께 발휘될 때 나를 성장시키고 사회를 발전시키는 더 강력한 에너지가 뿜어져 나온다고 생각한다.

배신의 두 얼굴

배신은 나쁘다. 하지만 소수의 이익을 배신하고 다수의 이익을 선택하여 대의를 살리는 배신을 했다면 그건 아름다운 배신이다.

기업인 출신 전 대통령과 가신의 관계는 이익을 주고받는 거래의 관계였다. 비즈니스맨 출신인 그는 가신과의 관계에서도 철저한 이해득실을 따졌기에 배신은 필연적이다.

반면 "전두환과 장세동의 관계는 아랫사람을 잘 두어서 부정과 비리가 드러나지 않았다"고 말한다. 전두환 개인에게는 행운이지만, 국가를 위해서는 불행이다.

기업인 출신 대통령 측근도 초기에는 '장세동 코스프레'로 절대적인 충성심을 보여주는 척 했지만 이권으로 맺은 관계이기에 쉽게 돌아섰다. 지금은 야인으로 돌아간 그의 운명이 어떻게 될지는 모르겠지만 분명한 것은 자업자득自業自得이란 말처럼 뿌린 대로 거둘 것이다.

권력자가 두려워하는 것이 배신이다. 하지만 역사가 증명하듯이 권력자는 대부분 배신에 의해 최후를 맞이했다. 배신은 야누스처럼 두개의 얼굴을 가지고 있다. 국가를 살리는 배신도 있고 국가를 망하게 하는 배신도 있다. 부정과 비리에 대해 배신이 없는 사회는 정체된 사회이며 기득권의 이익을 공고히 하는 체제를 지속시킬 뿐이다.

기업인 출신 대통령이 사람들에게 욕을 먹고 조롱거리가 되어도 좋은 이유는 국가수호를 최우선으로 하는 공인임에도 불구하고 탐욕으로 점철된 삶을 살아왔기 때문이다.

아름다운 풀과 꽃들과 멋진 경치가 펼쳐져 있는 연못에 살면서도 개구리의 신경계는 파리잡기에 특화되어 있어 파리의 움직임 외에는 아무 것도 보지 못한다. 개구리의 혀가 파리잡기에만 특화되어 있듯이 그의 욕망도 돈 모으기에만 특화되어 있었던 불행한 존재다.

그는 왜 그토록 '돈 모으기'에 집착했을까? 어쩌면 그는 엄청난 돈을 가지고 있다는 것에서 행복을 느끼는 것이 아니라, '돈을 축적하는 그 자체'에서 쾌락을 느꼈던 것은 아닐까? 그 이유를 물어볼 수는 없지만, 그는 '돈 먹는 괴물'로 진화했고, 돈 모으기에 고착화되고 중독된 것만은 분명하다.

어쨌든 자신의 이익만을 우선하는 사람이 절대권력을 가지면 사회는 가장 우울하고 위험해진다. 그래서 아름다운 배신이 필요하다.

배신은 위험하다. 배신의 결과가 두렵고 가혹하기 때문이다. 그럼에도 불구하고 탐욕과 사리사욕에 눈이 먼 지도자를 배신하라. 그런 배신은 세상을 단 한 걸음이라도 진보시킨다. '배신의 역설'이다.

아름다운 관계의 조건은 대등성이다

어떤 사람과 인간관계 맺기가 불안하다면 애초부터 시작하지 말라. 상대방의 생각과 행동이 바뀌기를 바라고, 자주 서운해 하고, 바라는 게 많아지면 관계는 불편해진다. '관계의 이별'이다.

집착은 '뜨거운 난로를 끌어안는 것'이다. 그래서 그 끝은 장렬한 산화가 아니라 불태워짐이다. 따뜻한 사랑을 위해서는 적당한 거리를 유지해야 한다. '관계의 미학'이다.

가족처럼 가까운 사이일수록 상처를 주기 쉽다. 가까울수록 더 배려하고 존중하며 예의를 지켜야 한다. '관계의 절제'다.

'가까울수록 멀리하라'는 묘심화 스님의 말은 오묘한 인간관계에 대한 성찰이자, 관계를 지속시키는 힘이다. '관계의 역설'이다.

한편 최근 사회 문제가 되고 있는 갑질문화 해결에는 관계의 대등성이 선행돼야 한다. 하지만 관계의 대등성은 우리 사회를 작동시키는 기본원리로 작용하고 있지 않다. 한국사회에서 '더치페이'가 안 되는 이유도 관계의 대등성이 일상세계에 뿌리 내리지 못했기 때문이다. 하여, '갑을관계'에서 '을'의 위치에 있는 업자가 돈을 내고, 반대로 친한 관계에서는 연장자가 돈을 낸다.

세상의 모든 관계는 정도의 차이만 있을 뿐 '갑을 관계'나 '수직적 상하관계'다. 그래서 대등한 관계에 기반을 둔 더치페이가 형성되지 않는다.

인간은 동물이기에 동물세계의 법칙이 적용되는 것이 당연하다. 동물의 세계에 먹이사슬이 있듯이, 인간관계도 수직으로 정해진 먹이사슬 체인이 존재한다. 동물의 세계 먹이사슬의 위계는 강철판도 씹을 것 같은 강하고 날카로운 이빨, 도끼로 쳐도 부서지지 않을 강한 턱, 강력한 파워의 다리와 발톱, 크고 세밀한 근육의 거대한 몸집, 극한의 인내력과 빠른 몸놀림이 결정한다. 그럼 인간사회 먹이사슬의 위계를 결정하는 것은 무엇인가? 돈과 권력, 인기와 지식의 소유 여부다.

한국은 유교주의 문화가 뿌리 깊다. 즉 "나이와 계급이 깡패"라는 속어가 일상적일 만큼 나이와 계급을 앞세우는 문화는 극복해야 할 악습이다. "함께 사이좋게 지내고 싶으면 서로를 대등한 인격체"로 대하는 '대등성'이 전제돼야 한다.

갑질문화 근절의 황금율은 "내가 대접받고 싶은 대로 남을 대접하는 것이다." 하지만 돈과 권력을 가진 자들은 탐욕과 극단적 이기심만 추구하고, 사회경제적 약자는 생존을 위한 자기보호와 '살아남기'에 집중함으로써 양쪽 모두 마음 한켠에 사랑과 존중, 배려와 용서가 자리할 공간이 없다.

자신을 '을'이라고 자조自嘲하는 사람들도 일상에서 "종로에서 뺨 맞고 한강에 가서 화풀이 한다"는 말처럼, 자신보다 약한 처지에 놓인 누군가에게 진상을 떨면서 쌓인 스트레스를 푼다. '갑질의 악순환'이다.

돈과 권력에 대한 탐욕이 난무하는 인간세계는 동물세계보다 더 치열하고 잔인하다. 자본주의가 잔혹한 생존경쟁의 각축장으로 변해갈수록 관계의 대등성은 더 허물어진다. 극단의 '갑을관계'처럼 한쪽의 힘이 다른 한쪽을 압도하면 '야만의 세계'나 '지배복종관계'로 사회적 질서가 변질된다.

그래서 균형이 중요하다. 공감과 배려에 기초한 대등한 관계만이 야만의 세계를 인간의 세계로, 지배복종관계를 상호존중관계로, 갑을관계라는 파괴적 질서를 넘어 창조적 질서를 만든다.

외모 지상주의

이미지가 지배하는 시대에 외모와 인상은 강력한 필살기다. 재판에서 외모가 미치는 영향력에 대한 수많은 분석과 사례가 쏟아지고 있다. 우스갯소리로 잘생긴 사람이 실없는 농담을 던지는 것은 '얼굴값'이고 못생긴 사람이 실없는 농담을 하는 것은 '꼴값'을 떤다고 한다.

오래된 사건이지만 아름다운 미모를 갖춘 대한항공기 폭파범 김현희를 생각해 보면 알 수 있다. 인간은 매우 불완전하고 비합리적인 존재이다. 밉살스럽게 생긴 사람이 실수로 내 옷에 물을 쏟은 경우와 눈부신 미녀가 실수로 내 옷에 커피를 쏟은 경우에 느낌은 분명 다르다. 눈부신 미녀에겐 거친 말보다 '괜찮다'는 말이 먼저 나온다. 이것이 인간이다.

동물의 세계에서 못난 외모 때문에 이미지가 나쁘게 박힌 대표적 동물이 하이에나이다. 썩은 시체를 주로 먹는다는 하이에나는 상식과는 달리 살아있는 사냥감이 70%에 달한다. 게다가 사냥 성공률은 사자보다도 높다. 무리에서 자신에게 주어진 어떤 역할도 기꺼이 감수하고, 새끼를 돌보고 보호하기 위해 어떤 희생도 기꺼이 감내한다. 이처럼 하이에나는 타고난 야성의 본능대로 행동하는 멋진 동물임에도 불구하고 외모 때문에 손해를 보는 것이다.

하이에나에 대한 편견과 인간사회의 외모지상주의 현상이 묘하게 겹친다. 외모의 후광효과로 누군가는 더 매력적으로, 누군가는 덜 매력적으로 보이게 된다. 좋은 이미지와 높은 인기에 외모가 점점 중요해지는 추세는 지속될 것이다.

개인적으로 나는 외모보다 중요한 게 인상이라고 생각한다. 인상이 안 좋은 사람은 성격도 안 좋은 경우가 많았다. 얼굴은 얼(정신)이 담긴 꼴(틀)이라 하고, 공자가 40세가 되면 자기 얼굴에 책임을 져야 한다고 말했듯이, 좋은 인상은 선한 마음이 만들어 낸다고 믿는다. 인상이 펴져야 인생이 핀다.

Beautiful Mind

당신은 지금 가슴 뛰는 삶을 살고 있는가? 대부분은 아닐 것이다.

새우의 심장과 내장은 머리에 있다고 한다. 새우만 그럴까? 사람들은 말한다. 마음은 심장에 있다고. 나는 다르게 생각한다. 마음은 심장과 머리, 손과 발 등 온몸에 있다. 인간의 심장은 분명 가슴에 있지만 가슴을 뛰게 하기 위해서는 온몸의 신경세포를 깨워야 한다.

가끔 놀라움이 느껴지는 영어표현을 만난다. 그 중 하나가 'beautiful mind'이다. 마음이 어떻게 아름다울 수 있을까? 수학자처럼 머리가 아름답게 돌아가는 사람, 혜안을 지닌 사람처럼 두뇌가 놀라울 정도로 정교하고 창의적으로 작동될 때 이 표현을 쓴다. 이는 아름다운 마음은 머리에 있다는 것을 나타내는 멋진 말이자, 아름다운 마음이나 가슴 뛰는 삶은 두뇌와 몸의 유기적인 연결 속에서 발현된다는 의미다.

따라서 마음은 머리에도 팔다리에도 있다. 머리를 움직이고 팔 다리를 움직이면 마음도 따라서 움직인다. 마음이 뛰지 않는다고 가슴만 치지 마라. 무엇을 이루기 위해서는 주변부터 아름답게 물들여야 하듯이, 가슴이 뛰지 않을 때는 머리를 움직이고, 팔과 다리를 움직여라. 팔다리가 뛰고 머리가 뛰면 분명 가슴도 따라 뛸 것이다.

광기,
광인

●

○

생각 하나, 콜로세움 이야기

내 기억에 가장 선명하게 남아있는 콜로세움에 대한 기억은 영화 '용쟁호투'에서 이소룡과 척 노리스가 대결을 벌인 장소란 점이다. 그 뒤에 성탄영화의 대명사가 된 빅터 마추어 주연의 '드미트리우스와 검투사'라는 대작의 주된 배경도 콜로세움이다.

콜로세움(Colosseum)은 서기 82년 도미티아누스(도미니쿠스) 황제 때 준공되어 로마의 세력을 상징하는 기념비적인 건축물이다. 타원형으로 관람석이 4단으로 구분되어 있고, 최하좌석 밑에는 동물 등을 넣는 감방이 있다.

도미니쿠스 황제에 이르러 완성된 콜로세움에서 검투사들의 죽음의 축제가 절정에 도달했을 때 로마 시민은 50만 명이었다고 한다. 놀랍게도 지금은 원형의 4분이 1만 남아있는 콜로세움이 수용할 수 있는 최대인원은 7만 명이라고 한다.

콜로세움은 국가의 모든 것을 총체적으로 보여주는 작은 국가다. 콜로세움에서 관중의 좌석은 계급에 따라 철저히 구분된다. 가장 꼭대기의 좌석은 하층 시민계급으로 채워진다.

콜로세움 정중앙에 위치한 황제의 자리는 시민과 소통의 구심점이자 황제의 권위를 상징한다. 그는 원형경기장 안에서 검투사 경기를 포함한 각종 행사를 통해 시민과 소통한다. 아울러 눈앞에서 표출되는 시민 전체의 의사를 존중하고 반영하여 최종적으로 결정을 내린다.

지금의 세계를 콜로세움으로 축소한다면 황제가 앉았던 정중앙은 미국이 차지할 것이고, 그 옆에 중국과 유럽제국, 일본 등이 있을 것이다. 이들의 모든 시선이 집중되는 경기장은 각 나라의 이익추구 무대가 되고, 먹잇감과 쾌락을 제공하는 개인이나 단체, 국가가 로마시대의 검투사처럼 마주하고 서있다. 남북일 수도 있고 IS와 이슬람 국가들일 수도 있다. 강대국들의 힘겨루기나 광기에 희생양이 되지 않도록 경계해야 한다. 어떤 경우에도 콜로세움의 검투사가 되지 않도록 철저하게 대비하고 힘을 키워야 한다.

생각 둘, 광인의 종류

"성격이 권력"이라는 말이 있다. 사람들은 본능적으로 무례하고 까칠하며 거친 사람에게 더 신경을 쓰고, 부드럽고 선한 사람을 무시하는 경향이 있다.

좋은 스승을 만나는 것도 복불복福不福이듯이 무례하고 거친 사람을 가능한 만나지 않는 것이 좋지만, 어딜 가나 그런 자는 있다. 그런 사람을 만났을 때에 대처하는 방법의 하나가 삼십육계三十六計의 하나인 줄행랑과 회피전략이다. 물론 강단 있는 강골인 경우에는 헤라클레스처럼 거칠고 강하게 행동하는 것도 효과적이다.

'까칠한 콘셉트'인 자와 유사한 맥락으로 '광인(Madman)'이란 것이 있다. 상대에게 자신을 미치광이로 인식하게 하고 이를 무기삼아 협상이나 관계를 유리하게 이끄는 것이다. 이와 같은 행동의 전제는 자신에게 유리한 상황을 만들기 위해 미치지 않았음에도 치밀한 계산에 의해 미친 것처럼 위장하는 것이다.

자신의 이익을 위해 계획적으로 미친 척하는 '전략적 광인' '합리적 광인'도 위험하지만 더 위험한 사람은 미쳤는데도 정상으로 착각하는 '사이비광인'이다. 대표적인 사람이 '트럼프'다.

'광인'은 생존하기 위해 '괴물은 더 강한 괴물'로, '힘에는 더 강한 힘'으로 제압하려 하지만, '사이비 광인'은 생존력 강화를 넘어 광기를 바탕으로 세상을 광란과 증오의 싸움터로 만든다.

트럼프처럼 광기가 지배하는 성격은 명예나 자존심의 상처를 입거나, 자신의 이익과 배치되는 작은 일에 발끈해 세상을 실제적이고 현존하는 커다란 위험에 빠뜨릴 가능성이 높다.

그가 이룬 성공경험은 자신에 대한 과대평가와 망상으로 이어져 미쳤거나 미쳐가면서도 스스로 인식하지 못한 채, 자신이 '미친 척' 하고 있다고 착각한다.

이런 종류의 광인이 쏟아내는 발언은 허풍이 아니며, 자기 말에 스스로 도취되어 팔레스타인과 이스라엘의 분쟁 악화, 무역전쟁으로 세계경제의 불확실성 확산, 멕시코를 중심으로 한 국경분쟁, 수많은 난민과 불법이민자에 대한 비인도적 정책 등 간담을 서늘하게 만드는 행동을 서슴지 않는다.

트럼프는 자신이 "링컨을 제외하고 가장 일을 잘하는 사람"이라고 말한다. 내 눈엔 트럼프는 '과대망상증' 환자다. 우리가 그의 행동과 결정에 일희일비一喜一悲하는 것을 넘어 트럼프를 주시하고 경계해야 하는 이유다.

트럼프의 말과 행동을 보면 전문가가 아니더라도 그가 극단적 이기주의자이면서 극단적 쾌락주의자란 것을 알 수 있다. 하늘 아래 자신의 말과 생각이 최고이며, 자신이 행동이 최선이라는 망상에 빠져 있다. 어떤 의견이나 문제제기도 자신이 가지고 있는 인식의 틀에 들어오지 않으면 예전에 자신이 진행한 쇼에

° 생각을 벗 삼아

서 '유 아 파이어드(you are fired)'라고 외쳤듯이, 그냥 '아웃'이다. 편리한 사고방식이다.

앞으로 '사이비 광인'은 다른 어떤 분야보다도 정치에서 포퓰리즘과 이미지중심 트렌드의 결합으로 득세할 것이고, 트럼프류의 지도자가 계속 나타날 것이다. 이와 같은 '사이비 광인'에 대한 효과적인 대응방법은 선거와 투표라는 민주주의 제도의 활용뿐인데, 자국엔 이익을 가져다주지만 세계를 갈등과 재앙의 소용돌이로 몰고 간다면 국민은 어떤 선택을 해야 할까? 쉬운 선택이 아니다.

어울림보다 '나홀로 삶'에 익숙한 새로운 시대에는 '사이비 광인'과는 다른 유형의 광인도 증가한다. 자기만의 삶에 빠져 사는 '아름다운 광인'이다.

예전에는 동네에 미친 사람이 많았다. 특히 미친 여자는 머리에 꽃을 달고 항상 웃고 다닌다. 미친 사람이 항상 웃고 다니는 이유는 근심걱정이 없기 때문이며, 타인의 시선으로부터 자유롭기 때문이다. 그래서 정상인이라면 절대로 하지 못할 행동, 머리에 꽃을 달고, 춤을 추면서 돌아다닌다. 정상인은 타인의 시선을 의식하기 때문에 머리에 꽃을 꽂은 채 웃고 춤추면서 다니지 않는다.

완전히 미치지 않고도 타인의 시선으로부터 자유로워지는 방법은 자신이 좋아하고 하고 싶은 삶을 사는 것이다. 자신이 좋아하는 삶은 수시로 변하고 발견하기도 어렵지만 일단 발견하면 치열한 열정으로 격렬하게 질주해야 한다. '아름다운 광인'의 삶이다. 이들은 열정적으로 살면서 세상을 다양한 아름다움으로 물들인다. 고호나 니체, 헤밍웨이처럼 말이다.

깨진 창문 이론

●

○

'깨진 창문 이론(broken window theory)'을 제대로 알고 있는 이는 드물다. 깨진 창문 이론을 경범죄나 생활범죄를 저지른 사람에 대해 무관용원칙과 엄격한 처벌을 통해 범죄율을 감소시키는 도구이론으로만 이해한다면 두 가지 측면에서 잘못이다. 첫 번째, '깨진 창문 이론'은 엄격한 처벌보다는 범죄예방을 더 강조한다. 두 번째는 생활(생존)형 범죄에 대해서는 윤리적인 범위내에서 관용의 원칙을 우선하고, 국민경제에 악영향을 끼치는 중대범죄에 대해서는 무관용원칙을 적용해야 한다는 것이다.

깨진 창문 이론은 범죄학자 제임스 윌슨과 조지 켈링이 1982년에 만든 개념으로, 어둡고 후미진 상점의 유리창 하나가 깨진 채 오랫동안 방치돼 있다면, 아무도 관리하지 않기에 돌을 던져

다른 유리창을 깨도 문제가 되지 않을 거라는 생각이 전염병처럼 번져서 상점의 모든 유리창이 깨지는 무법천지가 된다는 것이다.

실례로 깨진 창문의 자동차가 방치된 곳은 부촌이나 빈민촌을 불문하고 범죄발생이 증가한다. 이런 '깨진 창문 이론'에 대한 해결책의 하나로 경찰청과 시민사회가 함께 주도하는 "CPTED(Crime prevention through Environmental Design)라는 범죄예방설계 프로그램"이 있다. 지저분해서 자연스럽게 쓰레기가 버려지는 곳곳에 아름다운 화단을 조성하고, 낮고 아름다운 담장을 설치하고, 벽화도 그린다. 어두운 골목길과 공원 산책길에 가로등을 설치하고, 버스정류장 조명을 LED등으로 교체하고, CCTV도 설치한다.

"보기 좋은 떡이 먹기도 좋다"고 미관을 생각해서 밝고 깨끗하게 조성한 거리에 사람들이 모여들 것이고, 사람들이 모여들면 안전하고 깨끗한 거리가 만들어진다. 도시와 마을, 도로변 미관에만 관심을 기울여도 범죄의 반은 줄어들다.

깨진 창문 이론은 무관용원칙을 기저에 깔고 있지만 창문을 깬 자를 벌주는 것보다 창문을 깨지 않도록 사회환경을 바꾸는 데 더 집중해야 한다. 특히 생존을 위해 어쩔 수 없이 범죄를 저지르게 되는 생계형 범죄가 줄어들도록 하는 정책이 폭넓게 시행되어야 한다. 또한 깨진 창문 이론의 적용에는 약자에 대한 인도적이고 윤리적인 한계가 있다는 것을 분명히 인식해야 한다.

무관용원칙은 창문을 깬 자가 아니라 국기기강을 문란하게 하고, 경제 질서를 파괴한 더 큰 범죄자에게 적용해야 한다. 그들은 오만하기에 자신의 잘못을 바로잡지도 못할 뿐만 아니라 더 잔인해질 가능성이 크기 때문이다.

분노의 역설

분노가 비틀린 방향으로 폭발할 때는 사회혼란과 사회악이 된다. 한 사람의 분노는 복수의 길이지만, 만인의 분노는 세상을 바꾸는 혁명이 된다고 한다.

억압해야 한다고 믿는 분노조차도 옳은 방향으로 분출하면 세상을 아름다운 미소로 물들인다. 그 추웠던 겨울에 촛불로 태운 분노는 살맛 나는 세상을 만들었다. 이것이 '분노의 역설'이다.

스테판 에셀이 '분노하라'고 일갈한 것은 찌질함과 옹졸함에서 새어나오는 분노가 아니라 정당하고 정의로운 세상을 만들기 위해 폭발하는 품격 있는 분노다.

분노에 대한 가장 효과적 해소방법은 대상자와의 직접해결이지만 실행하기 어렵다. 특히 사회적 약자의 입장에서 분노를 직접적으로 해결할 제도적 장치는 미흡하다.

이와 결을 달리한 또 다른 분노 해소방법은 법정스님처럼 '다 내려놓고 비우는 삶'이다. 그래도 분노가 끓어오르면 운동이나 여행, 심지어 폭식이나 폭음 등 모든 방법을 동원해서라도 적극적으로 분노를 해결하라.

그렇지 않고 "한강에서 뺨 맞고 종로에서 화풀이 한다"는 말처럼 만만한 상대에 대한 대리분노를 폭발해서는 안 된다. 이것은 무시와 차별, 모욕과 욕설, 지적질과 경멸로 이어져 사회적 혐오와 증오를 확산시킨다. 더 나아가 폭력과 범죄 등 사회적 질서 파괴와 자살이라는 비극에 이를 수도 있다.

몰락하고 무너져라
그리고 다시 일어서라

니체의 〈차라투스트라는 이렇게 말했다〉에는 이런 문장이 있다. "저편으로 건너가는 것도 위험하고, 건너가는 도중도 위험하고, 뒤돌아보는 것도 위험하고, 덜덜 떨며 멈춰 서는 것도 위험하다. 인간의 위대한 점은, 인간이 다리이지 목적이 아니라는 데 있다. 인간의 사랑할 만한 점은, 인간이 건너감이고 몰락이라는 데 있다. 나는 오로지 몰락하는 자로서만 살아가는 이들을 사랑한다. 그들은 저편으로 건너가는 자들이기 때문이다."

위대한 자들은 원래 죽음이 부르기 직전까지도 파괴되고, 패배하는 운명을 타고 난다는 것을 알고 있기에 몰락으로 가는 기차에 몸을 싣기도 하고, 추락하는 비행기에 올라타기도 하며, 무너지는 다리 위를 건너면서도 멋진 여유를 보인다.

하지만 평범한 인간은 죽음 직전에야 깨닫는다. 천 길 낭떠러지에서 몸을 날리듯이 두려움의 심연 속으로 과감히 뛰어드는 것이 영원한 생명을 얻는 단 하나의 방법이었다는 것을.

신문을 보다가 "나는 항상 실패한다"라는 제목의 시가 마음을 끌었다. "나는 항상 실패한다"는 말이 결국 "나는 항상 다시 일어선다"는 의미로 다가왔다.

치칠의 말을 빌리면 삶에서 잃지 말아야 하는 것은 절대로 포기하기 않는 것(Never Never Never give up)이다. 누군가에게 실패는 분명 자신이 가야 할 목표를 더 크고 분명하게 보여준다. 실패를 통해 누군가는 어두운 터널을 통과해 더 넓은 세상과 만나고, 좀더 겸손한 자세로 약자를 위해 더 낮은 곳으로 내려갈 수 있는 용기를 얻는다.

그런 의미에서 누군가에게 실패는 어둠을 통해 밝은 세상을 볼 수 있는 '혜안慧眼'과 '심안心眼'을 갖게 해주고, 보다 성숙한 인간으로 진화하게 해주는 보배로운 경험이다.

우리는 매일 떨어지는 붉은 석양에서 장엄한 소멸을 경험한다. 장엄한 소멸은 곧 찬란한 시작의 예언이다. 로미오와 줄리엣의 사랑이 가슴 시린 소멸이었기에 우리는 그 순간부터 황홀한 사랑의 시작을 예감한다.

살아있는 동안 후회 없이 최선을 다했다면 장렬하게 산화하라. 승자가 되지 못했다면 멋지게 져주고 다시 일어서자. 자신을 파괴시키면서 황홀하게 소멸하는 것이 인간에게 주어진 가장 보배로운 꿈이자 '최고의 미덕'이다. 스스로 파괴되고 몰락할 용기만 있다면 우리는 다시 일어설 수 있다.

더닝
-크루거 효과

자신에 대한 과대평가와 무능 때문에 현실세계를 제대로 인식하지도 못할 뿐 아니라, 자신의 잘못이나 실수도 모르는 것을 '더닝-크루거 효과'라 한다. 한마디로 자신과 세상에 대한 착각 때문에 어리석은 행동을 한다는 것이다.

꿀을 바른 안쪽이 텅 비게 부풀도록 구운 빵으로, 겉으로 볼 때는 크지만 속은 비어 있기 때문에 '공갈빵'이라 불리는 중국식 호떡이 있다. 공갈빵처럼 어떤 사람은 자신의 진짜 모습을 보지 못하고 자신을 선하고 능력 있는 자로, 매력적이고 잘난 존재로 착각한다.

부하직원이나 가족에게 습관적으로 일방적인 조언을 늘어놓거나 멍청이, 바보라는 말을 달고 사는 사람은 그런 사람일 가능성이 높다. 자신의 무능을 타인에게 전가하는 등 자신은 과대평가하고 타인은 과소평가한다.

이처럼 한쪽으로 치우친 사고와 행동은 건강한 관계를 망가뜨린다. 오만과 편견에 사로잡힐 때, 잡다한 경험이 쌓일수록 정신은 부패되고 사고는 변질되어 행동의 정상적 작동시스템이 고장 난다. 그래서 예수는 "자기 눈의 들보는 보지 못하고, 남의 눈의 티끌은 본다"고 했고, 소크라테스는 "너 자신을 알라"고 일갈一喝했다.

인간은 통제불가능한 상황에 대해서도 자신에게 유리하게 해석한다. 따라서 까마귀가 많은 일본은 까마귀를 길조로 생각하고, 까치가 많은 우리나라에서는 까치를 길조로 여긴다. 어찌보면 자연스러운 현상이지만 지나치면 착각을 유발한다.

도박은 '확률'이며, 통제가 불가능하고 이길 수 없게 디자인된 확률의 게임임에도 대박나는 것을 '운'이라고 생각하기에 이번엔 딸 수 있을 것 같은 착각에 빠진다.

문제는 인간은 도박뿐 아니라, 음주나 주식투자 등 모든 경우에 착각한다는 것이다. 이런 바탕에는 '그래 지금은 어쩔 수 없이 술과 도박에 빠져있지만 난 언제든지 마음만 먹으면 이 상태에서 벗어날 수 있다'는 '근거 없는 자신감'이 깔려있다.

이에 자신은 확률의 법칙에 적용되지 않는 예외적인 존재로서 도박이든, 주식투기든 이번엔 딸 것 같은 확신에 따라 움직

° 생각을 벗 삼아

인다. 이것을 '확증편향의 오류'라고도 하는데, 어리석은 인간은 대박이 날 것 같은 착각에 오늘도 '오늘은 왠지 신드롬'을 벗어나지 못한 채 방황하고 있다.

작은 것이 아름다울 때 '디테일은 천사'

'작은 것이 아름답다'는 긍정적 표현이다. 반면에 '디테일이 악마다'라는 말은 소소한 짜증이나 분노로 하루를 보내는 것처럼 부정적 의미가 더 짙다. 일상의 모든 부딪침은 '동전의 양면'이기에 무엇을 보고 있는가에 따라 다르게 보인다. 그런 의미에서 '작은 것이 아름다울 때, 디테일은 천사'가 된다.

인생은 결국 '손바닥 위의 행복'을 만끽하는 것이다. 인생은 일상에서 이어지는 작은 순간을 '누가 즐겁게 살았느냐'의 문제로 귀결된다. "네가 진짜로 원하는 게 뭐야"라는 노랫말처럼 원하는 것을 하면서 살아가는 삶이 '즐거운 삶'이다.

미꾸라지가 손가락 사이로 들어 왔다가 순식간에 미끄러져 달아난다. 손안에 들어온 미꾸라지를 잡아채듯이, 행복한 순간을 힘차고 재빨리 움켜잡아야 한다. 그것이 손바닥 안의 작은 행복이고, 한 움큼의 행복이다. 이 작은 행복이 인간이 누릴 수 있는 전부다.

우리의 일상은 작은 바퀴로 굴러가는 마차여행이다. 그래서 작은 것에 분노하기도 하고, 작은 불행에 넘어져 영원히 일어나지 못하기도 한다. 어차피 사소한 것이 일상을 지배한다면 부정적 감정보다는 긍정적 감정에 집중하자. 작은 행복, 건강한 습관으로 이루어진 일상이 우리를 살리고 깨어나게 만든다.

이혼의 99%는 '간장 두 종지'처럼 사소한 일에서 시작된다고 한다. 대부분의 인간은 크게 분노할 일에는 둔감한 반면, 작은 경멸과 무시에 예민하다.

김수영 시인의 말처럼 인간은 작은 것에 분노하는 모래와 좁쌀처럼 찌질한 존재다. 역설적으로 그것이 우리가 일상에서 부딪치는 작은 분노에 더 차분하고 이성적으로 대응해야 하는 이유다.

사소한 불행에 집착하기보다는 작고 사소한 것에서 즐거움을 만끽하겠다는 적극적인 삶의 태도로 살아갈 때 '디테일은 천사'가 되어 우리를 행복한 일상으로 데려다 줄 것이다.

인생에 한 방은 없다

박종팔 전 세계 미들급 챔피언은 말한다. "복싱에 한 방이 있어도, 인생에 한 방이 없다"고. 타인의 성공이 '인생은 한 방'이나 '스타 탄생'처럼 보이는 것은 그들의 보이지 않은 노력과 인고忍苦의 시간을 간과했기 때문이다.

99도에 이르기까지 끓지 않던 물이 100도에서 끓듯이, 그들은 보이지 않는 곳에서 치열한 열정과 강렬한 눈빛으로 격렬한 노력을 쏟아 부었다. 그리고 마지막 남은 한 방울의 땀과 함께 그 찬란한 빛을 발한 것이다.

그것은 믿을 수 없는 노력의 결과일 뿐이다. 학자는 그런 현상은 임계점(Tipping point)라는 말로 설명하지만 한마디로 "인간승리"다.

“한 방 인생” “대박 인생”을 폄훼하려는 것은 아니다. 하지만 그 과정 속에서 치열과 격렬이란 단어가 존재하지 않는 ‘인생 한 방’과 ‘대박 인생’은 없다. 인생은 행운도 아니고 대박은 더더욱 아니다. 인생은 순간순간 노력의 축적으로 이룬 ‘한 방’이 있을 뿐이다.

PART 5

일상과 이상

사냥감,
사냥꾼

나는 삶을 '생존'과 '생'으로 구분한다. 생존에 매달려 좇기는 삶은 '생존'이고, 일상의 즐거움과 의미를 추구하는 삶은 '생'이다.

신문에서 지하철 벽에 에스컬레이터를 급하게 뛰어 내려가는 직장인 그림과 함께 "지금 들어오는 저 열차! 여기서 뛰어도 못 탑니다. 제가 해봤어요."라는 재치가 묻어나는 글을 읽었다. 한 번 웃는다. 아침 출근시간은 생존타임이다. 생존 시간에 좇기는 사람의 마음에 여유로움이 들어설 자리가 없다. 그들에게는 "시간이 사각사각"이라는 표현처럼 시간이 맛있고 여유 있게 흘러가지 않는다. 그들은 생존경쟁에서 살아남기 위해 달려오는 열차를 놓치면 안 된다. 따라서 시간이 시한폭탄의 초침처럼 느껴지고, 거대한 해일海溢이 되어 일자리와 생존을 덮칠 것 같은 두려움에 휩싸인다. 그래서 우리는 사냥꾼에 쫓기는 사냥감의 운명을 벗어나지 못한 채 오늘도 뛴다.

하지만 운명은 숙명이 아니다. 운명은 바꿀 수 있다. 예를 들어, 아침을 조금 일찍 시작하고, 그래서 출근길의 습관을 바꿀 수 있다면 우리는 분명 '지금 들어오는 저 열차! 여기서 뛰어도 못 탑니다. 제가 해봤어요.'라는 문구를 여유와 웃음으로 대할 수 있다.

그것은 생존하기 위해 세상이 정해놓은 기준에 따라 노예처럼 사는 것이 아니라 인생의 주인공으로 내가 정한 기준에 따라 나만의 역사를 만들어 가는 삶이다. 이것이 쫓기는 사냥감의 '생존'을, 즐거운 사냥꾼의 '생'으로 바꾸는 길이다.

생존본능이란 무엇인가

KBS 《스페셜다큐》 세계에서 가장 높은 곳에서 이루어지는 국경무역인 '청라시장'에 대해 소개하는 내용을 봤다. 왜 사람들은 그 멀고도 험한 길, 목숨을 걸고 가야만 하는 그 길을 가는 것일까. '생존본능' 때문이다. 가족들의 입에 '밥'이 들어가게 하기 위해서다. 남방지역과 북방지역이 5,200미터가 되는 고원의 경계에서 만나 교역을 한다.

그 멀고도 험한 돌산을 나귀와 말에 가득 짊을 실고 가는 길은 '고행' 그 자체처럼 보인다. '삶은 고해'라는 말이 실감난다. 먹고 살기 위해 고행의 길을 마다하지 않는 사람들의 모습에서 '정의'니 '민주주의'니 하는 것은 허무하다.

'밥벌이' 즉, 생존의 문제는 모든 이념도, 가치도, 종교도 초월한다. 그 어떤 것도 생존을 넘어설 수는 없다. 그래서 우리는 일상 속에서 생존을 넘어선 후에 이념과 가치, 종교와 민주주의를 논할 수 있다. 이처럼 가장 먼저 관심을 기울여야 하고, 에너지를 쏟아야 하는 것이 '생존 그 자체'다.

현실세계의 선과 악의 싸움에서 악이 우세한 것도 강한 '생존본능' 때문이라 생각하기에 우리는 역설적으로 살아남기 위한 '이기적인 인간의 본성'과 '사악한 인간의 잔혹함'을 인지하고 인정해야 한다. 그래야 '악'과의 싸움에서 '선'이 대등한 힘을 회복할 수 있을 것이다.

술자리에서 상사에게 대드는 부하직원은 거의 없다. 자존감이 짓밟힌 국가대표 유도선수가 조폭과의 정면승부를 피하는 것도 '생존본능' 때문이다.

생존본능은 '술'이나 '화'로 인해 멋대로 날뛰는 이성의 마비와 구겨진 자존심보다도 강하다. 만취한 부하가 상사에게 대들지 않는 것은 빠른 이성의 작동 때문이다. 평상시 불만과 증오의 감정이 맺혀있는 상사가 자기자랑을 두 시간 넘게 떠들 때에 치미는 분노로 주먹을 날리고 싶은 감정이 솟아오름과 동시에 "대들면 끝장이다."라는 이성이 더 높이 솟구친다. 결국 아무 일도 일어나지 않는다. 생존본능에 기인한 차가운 이성이 감정을 압도한 것이다.

'생존본능'을 보여주는 또 다른 사례다. 늦은 시간 시비 끝에

다수의 시민이 소수의 조폭에게 폭행을 당했다는 기사를 읽었다. 일반적인 경우, 시비가 붙은 상황에서 일반시민은 다수일지라도 깍두기 머리나 몸에 문신으로 도배한 조폭 한 두명에게도 대들지 않는다. 실제 숫자는 우위에 있지만 싸움이 일어나면 일반시민이 깨질 가능성이 높기 때문이다. 아울러 혹시 숫자의 힘으로 조직폭력배들에게 이겼더라도 그것은 꿈같은 승리일 뿐이다.

'조직폭력배가 일반인에게 맞았다'는 것은 치욕을 넘어 조직폭력배의 생존을 위협할 수 있기에 무리들을 끌고 와서 일반시민을 묵사발로 만든다. 이것이 조직폭력배의 '생존본능'이다.

일상의 즐거움 지속하기

•

○

첫 번째 이야기, 즐거운 삶을 위한 세 가지 방법

돈을 좇으면 돈이 달아나고 잠을 좇으면 잠이 달아나듯이, 즐거움과 행복만을 좇으면 행복이 달아난다. 시원한 바람에 상쾌함을 느끼고, 햇살의 포근함에 웃음이 퍼지듯이, 즐거움은 달려가서 붙잡는 것이 아니라 일상의 순간순간에 유쾌하고 상쾌한 기분을 만끽하는 충만한 느낌이다. 이런 즐거움을 지속하는 데에는 세 가지 조건이 충족되어야 한다.

첫 번째는 먹고사는 '생존문제'의 해결이다. 머리가 깨지는 듯 아프면 머리 아픈 게 사라졌으면 하는 생각밖에 없다. 운동과 공부, 일과 사랑, 가족과의 여행도 다 견딜 수 없게 고통스러운 두통이 사라지고 난 이후의 일이다. 인생은 이처럼 바로 눈앞의 화급한 일부터 해결되어야 여유가 생기고 안 보이던 게 보인다. 생존기반이 붕괴되고 당장 빵을 걱정해야 하는 사람들에게 생존보다 더 큰 문제는 없다. 그런 점에서 생존은 가치를 초월한 '삶 그 자체'다. 그것을 밥벌이나 돈벌이로 폄훼할지라도 생존에 매달려 있는 사람에게 '생존'은 이 세상에 존재하는 모든 가치와 비교가 불가하다.

두 번째는 공감과 공유의 확장이다. 인간과 동물의 다른 점의 하나가 공감과 공유다. 동물도 공유활동을 한다. 복효근의 〈누우떼가 강을 건너는 법〉을 보면 "…강에는 굶주린 악어떼가 누우들이 물에 뛰어들기를 기다리고 있었다/ 그때 나는 화면에서 보았다/ 발굽으로 강둑을 차던 몇 마리 누우가 저쪽 강둑이 아닌 악어를 향하여 강물에 몸을 잠그는 것을…" 이처럼 소수의 누우(아프리카산 솟과에 속하는 대형 영양)들이 무리를 위해 자신의 몸을 악어에게 던지는 희생의 모습은 분명 눈물겹고 감동적이기까지 하다.

하지만 동물은 무리의 생존을 위한 협력과 희생이라는 본능을 넘어서지 못한다. 인간만이 언어를 통해 타인과 공감을 공유한다. 물론 생존경쟁에 매몰되어 잔인한 야만의 세계로 추락하기도 하지만, 웃음과 즐거움, 의미와 가치의 공유는 일상의 즐거움을 지속시키는 중요한 동력으로 작용한다.

세 번째는 '생존주의'와 '민주주의'의 조화다. 생존력 강화를 위해서는 민주주의 실현을 위한 참여와 연대활동도 함께 추진돼야 한다는 것이다. 상식적으로는 생존에 모든 것을 쏟은 다음에 경제적 여유가 생기면 일상의 즐거움만 추구하면 될 것 같은데 왜 민주주의나 사회정의 실현을 위한 연대에 관심을 가져야 하는지 의구심이 들 수도 있다.

피상적으로 보면 정의나 공정은 생존과 분리된 것처럼 보인다. 하지만 그 둘은 시계의 시침과 초침처럼 연결되어있다. 따라서 생존가능성을 높이기 위해서는 정의 실현에 힘써야 하고, 정의사회 실현을 위해서는 생존주의를 같이 추구해야 한다. 그래야 시계의 초침과 시침처럼 세상이 제대로 작동된다.

'게도 우럭도 다 놓친다'는 말처럼, '생존'에만 치중하거나 '정의'만 추구한다면 고장 난 시계처럼 멈춰버린 세상이 될 가능성이 높다. 우리가 '일상의 세계'에 살고 있지만 '이상의 세계'를 망각해서는 안 되는 이유다. '촛불혁명'과 그날 이후 전개되는 범사회적 변화를 지금 우리 눈으로 목도하고 있지 않은가.

이처럼 우리가 지속적으로 일상의 즐거움을 만끽하기 위해서는 먼저 기본적인 생활이 가능한 토대를 갖춘 후에 나 홀로 행복보다는 사회적 동물로서 세상과의 어울림에 기반한 행복을 추구해야 한다. 마지막으로 이에 더해 안중근 의사에게 대한민국의 독립을 위한 희생과 책임이 삶의 행복이었듯이, 정의와 공정의 실현을 통한 건강하고 아름다운 세상을 만들기 위한 참여와 연대에도 관심을 기울여야 한다.

하지만 인간은 본능적으로 자신의 이익을 최우선하기에 생존과 이익을 위한 협력과 연대에는 적극적이지만 민주주의나 사회정의를 위한 연대와 협력은 쉽게 이루어지지 않는다.

두 번째 이야기, 사이다효과 & 홍삼효과

요즘 사회를 보면 생존경쟁에 지친 부모들의 인내심이 짧아지고 있다. 우는 아기에게 공갈젖꼭지를 물리고, 칭얼대는 아이에게는 사탕을, 밥 달라는 아이에게는 햄버거를 사주고 배달음식을 시킨다. 짜증을 부리며 보채는 아들에게 게임을 하게 하고, 초등학생 딸에게 스마트폰을 사준다.

문제는 그 다음이다. 아기는 공갈젖꼭지와 사탕 등 달달한 간식에 길들여지고, 햄버거가 주식이 된다. 나이가 들수록 게임에 더 빠지고, 스마트폰이 가장 소중한 친구가 된다. 짧은 편함을 위해 장기적인 걱정거리를 만든 것이다. 지속적으로 관리되고 절제할 수 없는 것이라면 아예 관심을 갖거나 시작하지 말아야 한다.

웃을 일이 없고, 짜증과 울화로 우울증에 빠지거나 가슴이 답답하거나 폭발할 것 같다는 사람이 많다. 탄산음료의 대명사인 '사이다'가 "가슴이 뻥 뚫린다"는 긍정적 의미로 인식되는 이유이기도 하다. 하지만 장기적으로 이런 '사이다효과'에 의존하면

'앞으로 남고 뒤로 밑지'는 경우가 더 많을 것이다.

시원함의 대명사인 사이다나 콜라 같은 탄산음료에 중독되면 건강을 해친다. 마찬가지로 포퓰리즘을 앞세운 '사이다효과'에 현혹되어선 안 된다. 어떤 일이든 긴 호흡으로 생각한 후에 결정하고, 과감하게 실행해야 한다.

사람들이 '사이다효과'에 관심을 갖는 이유는 경제위기의 심각함으로 인한 생존절벽의 현실화 때문이다. 이로 인해 마음의 여유가 사라지고 찰나적 쾌락, 막말과 유언비어에 말초적인 반응을 한다. 따라서 '사이다효과'가 인기가 있다는 것은 사회가 그만큼 답답하다는 반증이다.

타는 갈증에 시원한 사이다나 콜라는 강렬한 유혹이다. 하지만 사이다로 갈증이 해소된 것처럼 느끼는 것은 착각이다. 목타는 사막에서 사이다 한 잔은 더 강한 갈증을 부르는 '독이 든 성배'일 뿐이다. 갈증에 바닷물을 마시는 것처럼, 자극적인 '사이다효과'에 중독되면 궁극적으로 개인과 사회 양쪽 모두가 병든다는 것이 '사이다의 역설'이다.

지금처럼 사람들이 쾌락에만 집착할 때 사이다효과는 앞으로도 큰 힘을 발휘할 것이다. 따라서 쾌락 중심의 일상에서 즐거움 중심으로 전환이 급선무다. 다시 말해 일상의 즐거움을 지속적으로 만끽하기 위해서는 '사이다효과'보다는 '홍삼효과'를 더 도모해야 한다.

현실과
환상의 경계

●
○

환상에 대한 의존이 점점 커지고 있기에 주체적인 인간으로 살기 위해서는 환상에 대한 의존을 벗어나라고 한다. 나는 현실도 중요하지만 환상도 중요한 삶의 영역이라고 생각한다. 따라서 환상에 대한 지나친 의존이나 중독은 벗어나야 하지만 환상을 품지 않은 지나친 현실 안주도 문제라고 생각한다.

하여, 현실과 환상의 조화와 균형을 이루기 위해서는 환상과의 적당한 거리를 유지하는 지혜가 필요하다고 본다. 현실에 안주하지 않고, 환상에 매몰되지 않은 균형 속에서 현실은 보다 풍부해지고, 환상은 상상과 창조의 원천으로 작용할 것이다.

지나간 첫사랑에 대한 애잔한 그리움을 마음 한 켠에 품고, 지금 내 곁에서 잠자고 있는 사랑스런 아내에게 감사하면서 '노트북'이라는 과거와 현실의 교차 속에서 사랑의 환상과 기쁨을 노래하는 영화를 보았다. 문득 현실과 환상의 경계에서 멋진 줄타기, 그것이 사랑의 환희이자 기쁨이며, '살아있음의 행복'이란 생각이 잔잔하게 밀려왔다.

허구나 환상으로의 도피나 지나친 의존은 인간소외나 정신적 아노미(anomie)현상을 심화시킨다. 우리는 아프고 고통스럽게 조여 오는 현실에 온몸의 뼈마디가 부서질 것 같아서 '환상으로 도피'한다. 환상이라는 쉼터나 도피처마저 없다면 점점 조여 오는 생존의 사슬에 온몸이 부서질 수도 있다. 그래서 나는 일상을 살아가는 데 판타지는 꼭 필요하다고 본다.

문제는 여유와 쉼의 공간으로서 환상이 작용하는 것이 아니라 현실과 환상의 경계가 모호해지거나 경계가 완전히 무너져 가고 있다는 점이다. 환상과 현실의 경계가 사라짐이 무서운 이유는 개인차원은 물론 사회차원에서도 환상의 힘이 현실보다 강력해지기 때문이다.

마치 산업혁명 초기에 엔클로저(enclosure) 운동으로 "양이 사람을 잡아먹는다"는 표현처럼 수많은 농민들이 농지를 잃고 유랑민이 되었듯이 환상이 현실을 잡아먹는 현상이 일어난다. 이럴 경우 대부분의 사람은 환상세계에 대한 절대적 의존으로 환상중독이라는 위험한 상황에 빠진다.

환상에 중독되거나 현실에 매몰되지 않을 방법의 하나는 '생존을 넘어선 꿈'을 갖는 것이다. 이럴 경우에 어느 정도 생존욕망이 충족되면 자연스럽게 '생존'을 넘어선 '조아'의 꿈으로 바뀐다.

이전 산업혁명의 시대에는 자유와 책임의 무게를 감당하기 힘들었듯이, 지금은 생존의 무게를 감당하기 힘들어 도망친다. 에리히 프롬의 '자유로부터의 도피'란 말은 현대에 와서 '환상 속으로 도피'로 바뀌었다, 스마트폰이든, 미디어나 가상현실이든 자신이 환상으로 도피하고 있다는 사실을 인지하고 인정해야 판타지의 중독에서 벗어날 수 있는 힘이 생긴다.

결핍욕망의 한계를 넘어

희망에 부푼 사람들이 행동한다는 말에 동의하지 않는다. 부풀어 오른 희망은 날카로운 바늘 앞에 풍선처럼 쉽게 무너진다. 희망에 부푼 사람들은 환상에 사로잡혀 꿈만 꾸다가 행동할 시기도, 의지와 동력도 잃어버린다.

그럼 무엇이 행동하게 만드는가? 결핍과 간절함이다. 생이 불안한 사람들, 삶이 결핍된 사람들이 행동한다는 말에 공감한다. 하지만 생의 불안이나 결핍은 간절함이란 점화원이 있어야 타오를 수 있다.

인간은 살아남으려고 움직이는 것이다. 간절함이 없는 희망은 '무지개 꿈'이다. 결국 '찻잔 속의 태풍'이나 지나가는 바람처럼 허망하게 사라진다.

그럼 결핍으로 인한 행동력(이하 결핍욕망이라 함)이 발생하는 동인動因은 무엇일까? 나는 결핍욕망은 타인과의 비교로 인한 박탈감에 기인한 측면이 더 크다고 생각한다.

아울러 결핍욕망이 발휘하기 위해서는 주어진 결핍과 불안이 견딜 수 있는 수준이어야 한다. 견딜 수 없는 극도의 불안과 결핍은 간절함으로도 지탱할 수 없어 끝내는 절망에 이른다.

현실적으로 결핍욕망은 두 가지 방향으로 전개된다. 첫 번째는 결핍 욕망과 두려움이라는 괴물과의 싸움이다. 대부분의 사람은 두려움이 워낙 커서 헤라클레스처럼 두려움이란 괴물을 처단하지 못한다. 따라서 괴물과의 정면승부를 피해 결핍된 채로 살아간다.

다른 하나는 '욕망의 고착화 현상'이다. 그래서 돈이든 권력이든 일단 결핍된 욕망이 충족되면 다른 욕망이 들어설 자리가 없다는 것이다. 다시 말하면, 돈에 대한 결핍에 한이 맺혀 피나는 노력으로 돈을 벌었다면 돈에 대한 욕망에 고착되는 것이다. 출세나 성공도 마찬가지다. 물론 더 많은 돈을 가지려는 무한한 욕망으로 질주할 수도, 더 높은 지위와 성공을 향해 달려갈 수도 있겠지만, 다른 목표나 꿈을 향해 달려갈 수는 없다.

이것은 마슬로우의 욕구단계설이 현실이 적용되지 않고 대부분의 사람들은 출세와 성공, 또는 생존위기에서 벗어나면 그 상태에서 고착되고 중독되는 현실을 설명해 준다. 이렇게 고착되면 죽을 때까지 돈과 권력의 중독자가 된다. 극단적으로 '결핍 욕망의 노예화' 현상이 일어난다.

이처럼 인간은 탐욕에서 벗어나지 못할 뿐 아니라 타인과의 비교로 스스로를 비참하게 만드는 어리석은 존재다. 그래서 빈곤을 벗어나도 더 많은 돈과 권력을 가진 자와의 비교로 '배가 고픈 것은 참아도 배가 아픈 것은 참지 못한'다. 이와 같은 상대적 박탈감과 비교로 인한 불행감이 일으키는 '스트레스의 자가 증폭'은 인간의 숙명이다. 누구도 비교의 고통에서 자유로울 수는 없다.

정도의 차이뿐 어리석지 않고 탐욕이 없는 인간은 없다. 따라서 어리석은 인간에게 그림자처럼 따라다니는 비교는 업보業報다. 그냥 끌어안고 살아라. 자신이 욕망을 절제하는 존재라는 착각을 벗어나 탐욕적이고 어리석은 존재라는 자각과 인정만으로도 좀더 겸손한 자세로 세상과 어울리면서 살아갈 수 있다.

한 걸음의 용기

용기가 꺾인 사람은 제자리걸음을 한다. 희망이 꺾인 사람은 뒷걸음질 한다. 그럼 앞으로 나아가기 위한 '한 걸음의 용기'란 무엇이고, 그런 용기를 실행하기 위한 방법은 무엇인가?

탐욕의 삶에 빠졌다가 다시 일어서려고 노력하는 사람은 용기 있는 자다. 용기는 모든 것을 포용하는 힘이다. 이를 강화하기 위해 자신의 약함을 인정하고, 잘못을 고백하고, 용서를 구하는 등 끊임없이 성찰과 노력으로 '마음의 근육'을 키워야 한다. 강해진 '마음의 근육'은 '절제력' '도덕심'을 고양시켜 수많은 유혹으로부터 자신을 지킬 수 있는 놀라운 힘을 발휘한다.

인생의 갈림길에서 마음의 근육이 약한 사람은 결정적인 순간에 절제력과 도덕심을 잃고 자살과 살인, 절망과 중독으로 날

개 없이 추락한다. 100세 인생이 아니라 200세 인생이라도 '인생은 한 번'이기에 돌이킬 수 없는 추락으로부터 살아남을 자는 없다. 그것으로 끝이다.

'한 걸음의 용기'는 할까 말까 망설이는 상황에서 한 걸음 더 앞으로 내딛게 만드는 힘이다. '한 걸음의 용기'는 지구를 들어 올릴 수 있는 강력함이 있기에 꿈을 현실로 바꾸는 마법을 부린다. 그렇다고 살면서 용기를 항상 불태울 수는 없다. 용기는 수시로 꺾이고, 쉽게 수그러든다. 한두 걸음 물러설 때가 셀 수 없이 많다. 하지만 낭떠러지를 앞에 두고 밀릴 수는 없다.

용기를 불태우면서 다시 일어서기 위해서는 분명하고 구체적이며 간절한 목표가 있어야 한다. '한 걸음의 용기'는 올바른 방향이라면 도중에 그만 두거나 마음을 바꾸는 것이다. 바꿔야 할 상황에 아무 것도 안하는 것은 게으름일 뿐이다. 과감하게 선택을 바꿔라. 그래야 다시 도약할 수 있다.

'한 걸음의 용기'는 알량한 자존심을 내려놓고 자신과 가족, 조직의 평화와 이익을 위해 머리를 숙이고, 화를 누그러뜨리는 것이다. 경쟁자라도 옳은 말에는 적극적으로 맞장구 쳐주자.

'한 걸음의 용기'는 두려움을 희망으로 반전시키는 결정적 힘이 있다. 지금 떨리든 두렵든 한 걸음만 앞으로 더 걸어라. 골칫거리가 행운으로 변하고, 싸움 직전의 갈등이 뜨거운 포옹으로 바뀌는 기적이 일어난다. 삶에서 이루어지는 우연과 필연,

운명과 숙명조차도 한 걸음의 용기를 선택한 자의 몫이다.

소설가 김홍신은 "미움 하나만 포기해도 인생은 견딜 만하다"고 했다. 이처럼 '미워하지 않을 용기'나 '미움 받을 용기'란 말처럼 공감이 가는 말이 '설득될 수 있는 용기'다. 인간의 성격이 바뀌지 않듯이, 자기주장을 바꾸려고 하지 않는다. 상대방과의 토론이나 대화를 통해 자신의 잘못이나 오해를 새롭게 인지하거나, 생각이나 판단을 바꿔야 할 경우가 생겨도, 기존 입장을 바꾸지도, 정정도 사과도 하지 않는다. 그래서 '입장을 바꿀 수 있는 것'과 '설득될 수 있는 것' 또한 위대한 '한 걸음의 용기'다.

권위에 대한 복종에 대해서

●

○

드라마 〈7급 공무원〉 대사의 일부이다. 교육시간, 교관이 "잘못된 지시, 나쁜 일이라도 국가를 위해서라면 할 수 있겠느냐?"고 묻는다. 이때 우수한 교육생은 대답한다. "할 수 있다"고. 이처럼 인간의 자율적 의지, 합리적 행동은 보이지 않는 손에 의해 손쉽게 조종되고 통제 당한다.

밀그램 교수가 '권위에 대한 복종'을 알아보기 위해 실시한 전기충격실험의 결론은 충격적이다. 왜 65%의 피험자들이 사람이 죽을 수도 있는 450볼트의 버튼을 눌렀을까? 단순히 권위의 명령이 시키는 대로 했기에 내 책임은 아니라고 생각했기 때문일까?

나는 그 이유가 권위에 대한 복종에 앞서 '생존본능' 때문이라고 생각한다. 나아가 타인의 고통에서 위로와 쾌감을 느끼는 인간의 잔인한 본성 즉 '샤덴프로이데'의 무의식적 발현도 일정부분 영향을 미쳤다고 생각한다.

인간은 이성적인 만큼 비이성적이고, 합리적인 만큼 비합리적이며, 현명한 만큼 어리석다. 무엇보다도 정의와 공정을 생각하기에 앞서 생존의 두려움에 압도당하는 존재다.

프레지던트(President)의 의미

●
○

프레지던트(President)의 의미를 아는가. 미국 1대 대통령 조지 워싱턴이 당선된 후 명칭을 고민하다가 'Mr. 프레지던트'라 불러달라고 했단다. '가장 앞자리에 앉아있는 자, 또는 가장 앞에서 있는 자'란 뜻이다. 동서양의 역사를 소재로 한 영화를 보라. 과거엔 지배세력이 그들의 권력을 유지하기 위해 자신의 힘과 용기를 전쟁터에서 보여주어야 했고, 무리의 가장 앞에 섰다.

누구나 하나뿐인 목숨을 보존하고 싶어한다. 그래서 총과 칼로 무장한 적으로부터 자신을 지키기 위해 갑옷으로 무장한다. 처음엔 총알도 칼끝도 막아내지 못하는 무늬만 갑옷에서 시간이 지날수록 더 가볍고 강한 갑옷으로 진화했다. 하지만 그들은 어떤 갑옷도 더 강한 무기에 뚫릴 수 있다는 것을 알기에 겸손

했고, 세상을 두려워했다.

하지만 지금은 겸손할 필요가 없다. 과거처럼 전장에서 맨 앞에 서지 않아도 되고, 그럴 필요도 없다. 돈과 권력의 정점에 있는 자들이 입은 자본의 갑옷은 어떤 무기로도 뚫을 수 없다. 불사에 가까운 수명연장과 함께 돈과 권력이란 극강으로 무장한 절대무적의 초인간이 되었다. 그래서 그들은 오만해졌다.

거부할 수 없는 소비의 유혹

수많은 소비의 이미지들이 우리를 유혹한다. 내 앞으로 최신형의 BMW가 바람처럼 스쳐 가면 '나도 저런 자동차를 몰아보고 싶다'는 생각이 지나간다. 재벌이 나오는 막장드라마에서 럭셔리한 인테리어로 중무장한 화려한 저택을 보면 '저런 집에서 한 번 살아봤으면 좋겠다'는 부러움이 마음을 흔든다. 이처럼 무언가를 소유하고 싶은 욕망은 항상 외부의 자극에서 비롯된다. '힘차게 살자'고 마음먹었던 의지는 하루에도 몇 번씩 이런 이미지로 다가오는 달콤한 유혹에 힘없이 무너진다.

나를 현혹하는 새로운 이미지를 다 가질 수는 없다. 수없이 만들어지는 새롭고 화려한 이미지에 날마다 마음을 뺏긴다면 삶은 풍부해지는 것이 아니라 황량해진다.

매일 내 영혼을 사로잡는 유명한 배우들을 현실에서 품을 수 없다. 따라서 영화나 드라마 속에서 등장하는 젊고 매력적인 배우들에게 온통 마음을 뺏길수록 삶은 더욱 비참해진다. 이런 일상이 반복되면 우리는 현실 속에서 중심을 잃고 추락하게 된다.

이미지에 유혹당하고, 기억의 굴레에 갇히고, 희망에 배신당하는 삶이 보편적 일상임을 인정한 바탕 위에서 지금 가지고 있는 것에 만족하고, 내 옆에 있는 소중한 사람을 사랑하는 것이 '최고의 행복'임을 알아야 한다. 그래야 유혹에 빠지고, 흔들리고 넘어지더라도 다시 의지를 불태우면서 나아갈 수 있다.

"살아있는 동안
후회 없이 최선을 다했다면
장렬하게 산화하라.
승자가 되지 못했다면
멋지게 져주고
다시 일어서자."

PART 6

현실과의 대면

촛불혁명의 역설

●
○

빛을 잃지 말아야 할 때

“우주를 구성하는 물질 중 암흑 물질과 암흑 에너지가 96%나 된다”고 한다. 나는 악이 지배하는 세상을 원하지 않는 것이지 악이 없는 세상을 바라지 않는다. 빛은 어둠 속에서 더욱 찬란하듯 어둠은 사회를 작동하게 만드는 필요조건이다.

이는 ‘촛불혁명의 역설’과도 관련된다. 부정하고 부패한 세력이 그토록 엄청나게 강한 힘으로 집요하게 우리를 벼랑 끝으로 밀어내지 않았다면 촛불은 타오르지 않았을 것이다. 부정부패로 뒤범벅된 어둠의 세력이 방심한 틈을 타서 촛불을 타올랐다. 마찬가지 이유로 빛의 세력이 초심을 잃고 방심하면 어둠의 세력이 침공을 개시할 것이다.

크게 보면 세상엔 좋은 세력도 나쁜 세력도 없고, 좋은 이념도 나쁜 이념도 없다. 한때 좋은 세력이나 이념처럼 보였던 것도 견제와 감시가 사라지면 자만과 독선에 빠진다. 중요한 것은 균형이다. 따라서 진보세력을 위해서도 견제 세력으로서의 건강한 보수는 필수적이다. 보수의 궤멸은 결국 공멸로 가는 지름길일 뿐이다.

독재자 히틀러를 배출한 독일임에도 불구하고 독일의 이미지는 책임감과 견고한 성실함이었다. 잇따른 독일차들의 연비조작 사건은 독일의 이미지인 견고함과 정직성에 금이 가게 만들었다.

통제되지 않을 때, 되돌아보고 성찰省察하지 않을 때, 견제와 감시가 사라질 때 권력의 자리, 정상의 자리는 '성공의 덫'이라는 오만과 탐욕에 모래성처럼 무너진다.

그럼에도 불구하고 시간의 문제일 뿐, 한때 빛의 세력이라고 자처했던 자들도 반드시 초심을 잃는다. 그것이 세상의 법칙이다. 따라서 정의로운 '빛'의 세력이라고 자처하는 자들도 끊임없이 자신을 성찰해야 한다.

토끼와 거북이의 경주

물질문명의 발전속도에 정신문화가 따라가지 못하는 현상을 '문화지체(cultural lag)'라고 한다. 같은 맥락에서 광속 자본주의에 거북이 민주주의가 따라가지 못해 발생하는 문제는 무엇일까? 속도차이에도 불구하고 자본주의와 민주주의의 공존은 가능한가. 우화 속 거북이가 토끼와의 경주에서 이기듯이 민주주의가 최후의 승자가 될 수 있을까?

법과 주먹의 대결에서는 주먹이 빠르겠지만 자본주의와 민주주의의 대결에서는 자본이 빠르고 강력하다. 돈과 권력을 가진 자본주의는 무소불위無所不爲다.

자본주의가 생존이라면, 민주주의는 꿈이고 생활이다. 자본주의는 빠르고 논리적이고 파괴적이다. 민주주의는 달팽이처럼 느리고, 어릿어릿하며 비논리적인 데다 무엇보다도 힘이 없다. 법이 자본을 등에 업고 호랑이처럼 달려들면, 공정과 정의는 노루처럼 커다란 눈망울을 끔벅거리며 '정의와 공정은 반드시 이긴다'라고 처량하게 외친다. 배가 부른 호랑이가 잠시 정의와 공정이 까부는 것을 놔둔다. 하지만 호랑이의 배가 꺼지면 정의와 공정이란 이름의 민주주의는 순식간에 자본주의란 법과 권력의 먹이가 된다.

4차 산업혁명으로 촉발된 고도 자본주의는 민주주의와의 속도차를 더 벌려 놓는다. 아울러 자본주의가 정점으로 치달을수록 더 심각해지는 생존위기는 삶의 여유를 잘라먹는다. 그것이 달팽이 민주주의가 뿌리내릴 수 없는 가장 큰 이유다. 생존을 위해 시계의 '초침'처럼 끊임없이 질주하기를 요구하는 '광속 자본주의' 하에서 시계의 '시침'처럼 움직이는 '달팽이 민주주의'는 설 자리가 없다.

팍팍하고 고단한 일상을 살아가는 사람이 느린 인터넷을 참을 수 없어 하듯이, 고단한 생존경쟁이 힘겹고 민주주의의 느린 발걸음에 인내심이 바닥난 사람들이 민주주의 실현을 코앞에 두고 거꾸러진다.

'잎친 데 덮친 격'으로 그 이면에서 또 하나의 불편한 비밀이 숨어있다. 그것은 이길 수 없는 싸움의 합리화 또는 보상심리로 민주주의를 신봉하는 세력은 자만과 오만에 빠지기 쉽다는 것이다.

이처럼 민주와 정의를 주창하는 세력이 가지는 '아킬레스의 건'은 자신만이 옳다는 교만 때문에 어떤 설득도 수용하지 않는 독선적인 태도다. 정의와 공정이 도덕적인 우월감을 드러내고, 불의에 대한 순결한 저항을 뽐내며 거만해질 때, 독불장군이 된다.

따라서 정의로운 일을 한다는 사람도 끊임없는 자기성찰이 필요하다. 그렇지 않을 때 "욕하면서 닮는다"는 말처럼. 자신들이 욕했던 지배세력에 편입되면 너무도 쉽게 지배세력의 습성에 동화된다.

그럼에도 불구하고 우리는 '타는 목마름'으로 민주주의가 뿌리 내릴 수 있도록 거북이의 전진을 포기해서는 안 된다. 정의와 공정이란 가치가 무너질 때, 공정한 대우를 받지 못한 사람의 마음에 자기비하와 열패감, 무기력과 자포자기를 확산시킴으로서 병든 사회를 만들고 결국 자기파멸과 사회해체를 가속화시키기 때문이다.

투명인간의 사회

•

○

"꽃집의 아가씨가 예뻐 보이는 이유는 꽃이 배경이 되기 때문이며, 공원의 벤치가 운치 있는 것은 주위의 나무가 배경"이 되어 주기 때문이다.

별빛의 찬란함은 우주의 어둠과 함께할 때 더욱 빛나듯이, 사진관에서 증명사진이나 인물사진을 찍을 때에는 얼굴을 선명하고 도드라지게 만들기 위해서 뒤에 검은 커튼을 친다.

하지만 이와 같은 주위를 빛내주는 배경효과와 달리 인간관계에서 원하지 않는 배경역할을 하게 되는 것은 감당하기 힘든 아픔과 슬픔이 되기도 한다.

사람들은 '끼리끼리'란 말처럼 외모나 능력, 사회적 위치가 비슷한 사람끼리 어울리는 경향이 있다. 하지만 어떤 사람은 자신을 더 돋보이게 하는 배경이나 미끼로 활용하고자 자신보다 외모나 능력이 떨어지는 사람과 동행하기도 한다. 미끼가 된 사람은 처음에는 몰랐더라도 자신이 상대방의 매력을 더욱 돋보이게 하는 병풍이나 배경이 되었다는 것에 견딜 수 없는 수치심과 모멸감을 느낄 것이다.

또한 절실하게 혼자 있고 싶은 사람에게는 의례적인 관심이나 따가울 정도로 호기심어린 시선은 위로가 아닌 무례로 느껴질 수 있다.

이와 같은 '배경효과'나 '미끼효과'가 위험하고 공포스러운 것은 겉으로는 차별과 배척을 넘어선 어울림처럼 보이지만 실제로 외모나 능력이 출중한 자가 그렇지 못한 자를 배경으로 삼아 자신을 좀더 부각시키려는 잔인하고 사악한 욕망이 깔려있기 때문이다. 이것은 보이지 않지만 은밀하고 교묘한 차별이며 배제다.

이로 인해 상대방은 자신의 생각과 달리 조롱과 무시의 놀림감이 되었다는 이중의 배신감으로 자기혐오와 세상에 대한 증오가 증폭된다. 또한 그와 같은 경험은 인간에 대한 극도의 불신과 두려움을 갖게 함으로써 인간관계로부터 도피하고자 하는 경향을 확산시킨다.

예전에 〈투명인간〉이란 영화를 재밌게 본 기억이 있다. 우리는 투명인간이 되고 싶어한다. 나도 그렇다. 하지만 내가 그 시

생각을 벗 삼아

절 투명망토를 쓰고 투명인간이 되고 싶은 이유는 여탕에 들어가기 등 호기심 충족을 포함한 이기적 욕망과 탐욕에 기인했다.

하지만 호기심이나 욕망의 충족과는 다른 차원에서 투명인간이 되고 싶어하는 사람들이 점점 늘어나고 있다. 이들은 단지 혼자 있고 싶을 뿐이다. 관심도 필요없고, 도움도 원하지 않는다. 그냥 내버려 두라고 외칠 뿐이다.

사회경제적 약자 중에 적지 않는 사람들은 우월함을 드러내는 자들이 보여주는 관심을 불편해한다. 나아가 그들의 시선에 두려움을 느끼기도 한다. 이처럼 약자들은 대놓고 자신들을 차별하고 무시하고 선 밖으로 배제하는 것만큼 은근히 무시당하고 차별받는 것에도 극심한 스트레스를 받는다.

따라서 그들처럼 투명인간이 되어 혼자 있고 싶은 사람들에게는 적당한 무관심이나 요란스럽지 않은 지원이 적절한 예의다. 관심을 가장한 원치 않는 다가섬은 그들이 숨 쉬는 시간과 공간에 대한 무례한 침범이며, 육체적, 정신적 폭력일 수도 있다.

반면에 새벽시간, 뉴욕의 한 복판에서 칼 든 강도에게 쫓기는 여인을 목도目睹한 수십 명 중 아무도 신고하지 않아 널리 알려진 '제노비스 이펙트(Genobese effect, 구경꾼 효과)'의 사례와 같이 절실한 도움이 필요한 경우에 사회적 무관심은 '잔인함' 그 자체이다.

사소하게는 명절에 홀로 고향을 찾은 젊은이에 대한 지나친 관심이 불편함을 야기하듯이 관심의 엇박자가 빚어내는 갈등이 사회 곳곳에서 발생하고 있다. 진심을 바탕으로 관심이 필요한 곳에 '진정한 관심'을 가짐으로써 자발적으로 투명인간이 되고 싶어하는 사람들이 줄어들고 서로를 도와주고 배려하는 아름다운 관계를 확산시켜 나가야 할 것이다.

내 문제와 네 문제

사람은 나와 가족의 문제가 아니라면 타인에 대한 배려와 희생에는 크게 관심이 쏟지 않는다. 오직 '내 문제'로 다가올 때에만 관심을 가질 뿐이다.

나와 상관없는 '머나먼 나라, 타인의 문제'라고 생각할 때와 '내 문제'라고 느낄 때, 우리들은 전혀 다른 반응과 행동양식을 보인다. 이것은 생존을 위한 자연스런 본성의 발현이다.

진정한 공감은 나의 삶과 연결되어야 일어난다. 따라서 나의 문제로 인식하는 강도가 강해지면 공감력도 커진다. 지배계층이 국민의 아픔에 깊은 공감을 못하는 이유는 '자신의 문제'가 아니라 '그들의 문제'로 인식하기 때문이다. 결국 "나의 문제가 아니다"라는 인식을 바꾸지 않는 한, 국민의 아픔을 치유해 줄 구체적인 정책 실행이 어렵다.

다시 말해서 추상적, 공상적인 공감이 아니라 현실의 내 아픔이 될 때, 내 생존을 위협한다는 절박함이 생길 때에만 우리는 움직인다. 이처럼 생존을 위한 연대와 행동은 동일시를 통해서 촉발된다. 내 문제라는 현실 밀착성이 나를 움직이는 힘으로 작용하는 것이다.

300여 명의 어린 학생들이 차가운 물속에 수장된 '세월호'의 슬픔조차도 구경꾼(bystander), 방관자 입장에 머물러 있던 대다수의 시민들이 최근에 벌어진 '청년실업' '비정규직' 등의 문제에서는 동일시 현상, 나와 내 자식의의 문제라는 인식의 전환이 일어났다.

우리는 운명공동체다. 지금 당장 나의 이익과 일치하지 않는다는 단견을 앞세워 나와 너를 구분하고 배척할 때 우리는 공멸할 것이다. 나의 이익에 함몰되어 타인의 문제와 타인의 이익을 배제하는 인식의 만연은 궁극적으로 우리사회가 어디로 가고 있는가에 대한 진지한 성찰을 요구한다.

우리가 남의 문제로 인식했던 모든 것은 시간이 지나면서 나의 문제임이 밝혀졌다. 나의 일과 남의 일은 백짓장 한 장 차이다. 타인의 문제, 이웃의 아픔, 가난하고 힘없는 자들의 문제를 외면할 때 그것은 '살인 가습기 문제'보다 더욱 크고 강력한 부메랑이 되어 나를 향해 날아올 것이다.

실패도 성공도 '밤과 낮'처럼 순환한다

●

○

실패를 예찬할 필요는 없다. 실패 없는 인생이 가장 좋다. 하지만 그런 사람은 존재하지 않는다. 따라서 실패하려거든 작은 실패를 하라. 그리고 가능한 한 더 빨리 하라.

실패에 대한 개개인의 대응은 천차만별이지만, 강한 회복탄력성으로 오뚝이처럼 넘어져도 다시 도전하려는 열정과 강한 의지를 가진 자에게 실패는 정말 별 일 아니다.

극단적으로 말하면 실패나 추락이 문제가 아니다. 관건은 다시 일어서느냐, 그 자리에 주저앉느냐의 차이다. 모든 사람이 고개를 떨구는 거대한 실패나 추락에도 다시 일어날 수 있다면, 그것은 성장과 발전의 디딤돌이 된다.

결국 실패나 추락 후에 행동이 그 사람의 운명을 결정한다.

위대한 자는 실패나 추락에도 다시 일어선다. 실패에서 다시 살아난 자만이 위대한 인간이 될 수 있다.

조셉 캠벨은 "위기란 사다리 꼭대기까지 올라갔을 때 그 사다리가 잘못된 벽에 세워져 있음을 깨닫는 것입니다"라고 했다. 동의하지 않는다. 그 정도는 허탈감이다. 다시 사다리를 내려와 제대로 된 사다리를 타고 올라가면 된다. 덤으로 근력까지 강해진다.

나는 수백 미터나 되는 산에서 목적지가 아닌 엉뚱한 길로 내려왔던 경험이 몇 차례 있다. 다시 산 아래에서부터 올라가 새로운 길을 찾아야 할 때조차도 견디기 힘든 허탈함은 아니었다. 하지만 수천 미터가 되는 산에서 잘못된 목적지로 내려왔다면 절망감에 사로잡혔을 것이다.

그런 이유에서 진짜 위기는 사다리에서 떨어져 온몸의 뼈가 부서지는 것이고, 잘못 놓인 사다리에서 내려왔을 때, 새로운 사다리로 올라갈 의지를 완전히 상실한 상태다.

사과의 가치

●

○

부끄러움과 뉘우침을 모르는 시대일수록 진정한 사과가 더욱 빛을 발한다. 진정한 사과는 무너진 관계를 이어지는 마법의 다리 역할을 한다. 하지만 진정성이 담기지 않는 껍데기 사과는 마치 백설공주에게 건네진 독사과처럼 역겹다. 특히 사과에 대한 매뉴얼이 따로 있는 것처럼, 미디어를 통해서 누군가가 적어준 글을 무감동하게 읽어 내린 후에, 자동인형처럼 깊게 허리를 숙여 인사하는 영혼 없는 사과를 접할 때는 기분이 찜찜하다.

진정성 있는 사과란 '사과 그 자체'에 있는 것이 아니다. 그것은 사과해야 할 일에 대한 무조건적이고 절대적으로 책임지려는 엄숙한 행위이다. 그것은 가벼운 마음으로 행하고 털어버리는 것이 아니라, 진지하고 심각하게 임해야 하는 참회의 의식이다.

아울러 상대방이 용서해야 사과로서 의미가 있다. 적어도 받아들여야 한다. 사과를 피해자와 국민, 고통 받은 사람들이 용납하지 않는다면 그것은 무책임하고 잘못된 사과다.

책임이 따르지 않는 사과, 상대방이 용납하지 못하는 사과, 형식적 사과로 모든 잘못과 치부를 덮으려는 것은 '회칠한 무덤'일 뿐이다. 그것은 사과의 얼굴을 한 위선이고, 사과하지 않는 뻔뻔함보다도 나쁘다.

당당하게 책임지는 진정성 있는 사과가 그립다.

책임,
고독

●

○

'책임의 고독함(loneliness of responsibility)'이란 말처럼 책임에는 고독이란 감정이 그림자처럼 따라 다닌다. 따라서 책임과 고독을 함께 생각할 때에 그 각각의 의미를 좀더 분명하게 파악할 수 있다고 생각한다.

"진리만 추구하고 책임을 회피하는 사람은 절대 진리를 깨닫지 못한다. 해만 계속 쳐다보는 사람이 결국엔 눈이 멀 듯이 말이다." 책임지는 것은 문제가 생겼을 때 자신의 몫이나 그 이상을 끌어안는 것이다. 하지만 진정한 책임이란 애초에 책임질 상황을 만들지 않는 것이다. 책임질 상황이라는 것은 이미 '엎질러진 물'이기 때문이다.

그래서 진정한 책임은 먼저 나쁜 유혹에 넘어가지 않는 것이다. 우스갯소리처럼 어떤 비난과 불만, 불평이 나를 향해 쏟아져도 '반사' 하고 돌려보내면 된다. 원더우먼이 팔찌로 총알을 튕겨버리고, 방탄승이 방탄옷으로 총알을 날려버리듯 '반사' 하고 모든 악담과 험담을 원래의 주인에게 그대로 돌려주자.

나에게 오는 모든 것을 다 가질 필요가 없다. 특히 비난과 비판, 불만은 그런 말을 쏟아낸 원래의 주인에게 아낌없이 돌려주어라. 이런 행동은 덤으로 어떤 험담이나 악의적 행동도 나에게 아무런 해를 끼치지 못하게 만든다.

결국 관계는 주고받는 것인데 나에게 오는 뇌물이나 청탁, 험담과 비난을 받지 않으면 그만이다. 그런 담대함을 지닌 자가 두려움 속에서도 전진할 수 있는 진정한 용자다.

"위험을 고려하지 않고 어려운 상황에 맞서는 사람은 무책임한 사림이다"란 말이 있다. 책임은 나와 세상에 대한 무한의 보살핌이다. 그래서 발생가능한 모든 위험성에 대한 치밀한 준비가 선행되어야 한다. 그것이 말이 아닌 행동으로 보여주는 '최고의 책임'이다.

고독은 그림자처럼 떼려야 뗄 수 없는 삶의 동반자이며, 운명이다. 따라서 고독하지 않은 인간은 없다. 영화 〈어바웃 타임〉 속 대사처럼 '똑같은 하루를 다시 사는 것'이 아니라, '죽을 때까지 똑같은 하루를 다시 살아도 고독은 사라지지 않을 것'이다. 관건은 나에게 주어진 '삶의 고독을 어떻게 채우며 살 것인가?'

이다.

누군가는 고독을 성찰과 반성의 시간으로 삼아 '새로운 나'로 거듭나서 새로운 삶을 개척한다. 누군가는 고독을 미움과 증오의 시간으로 삼아 복수의 칼날을 간다. 누군가는 '강요되고 던져진 고독' 속에서 삶의 피폐화를 가속화한다. 또 누군가는 그림자처럼 따라다니는 일상의 고독을 넘어 스스로 선택한 절대고독 속으로 뛰어들어 자신의 삶을 더욱 의미 있고 풍부하게 채운다. 드문 경우지만 〈감옥으로부터의 사색〉을 쓴 고 신영복 교수처럼 감옥이란 '강요된 고독'을 스스로 '절대고독화'하여 성찰을 통한 깨달음의 시간으로 승화시키기도 한다.

이처럼 고독을 피할 수 없다면 즐겁게 고독 속으로 뛰어드는 것이 현명하다. 분명한 것은 앞으로 '1인가구'나 '나 홀로 삶'의 확산으로 고독의 문제는 더욱 심각해진다는 것이다.

고독과 당당히 대면하지 못하고 고독 속으로 숨게 만드는 가장 큰 이유는 책임짐이다. 이처럼 책임의 무게를 감당하지 못하고 도망치든, 온몸으로 책임을 끌어안든 간에 '책임의 고독함'은 피할 수 없다.

세상에 고독하지 않은 영웅이 있던가. 역사에서 고독하지 않은 위인을 본 적이 있는가. 고독이 두려워 책임으로부터 도피한 영웅을 알고 있는가. 따라서 고독과 외로움은 인간의 운명이라고 생각하고, 떳떳하고 당당하게 고독과 마주하기 위해서는 과감하게 고독 속으로 뛰어들어야 한다. 그것이 고독의 그림자를 내 삶의 동반자로 만드는 유일한 방법이다.

나는 믿는다. 고독에 대한 그리움이 커질수록 고독에 대한 두려움은 작아질 것이고, 고독에 대한 기쁨이 커질수록 고독에 대한 불안은 작아질 것이라고.

경쟁과 상생,
갈등과 공존

인간사회에서 경쟁은 사회를 작동하게 만드는 기본원리이자 불가피한 현상이다. 따라서 경쟁을 죄악시할 필요는 없다. 우리가 관심 가져야 할 부분은 경쟁 속에서 상생하는 방법을 찾는 것이다. 경쟁이 사회의 활력과 창의력을 죽이는 것이 아니라 즐겁고 건강한 경쟁이 되어 일상의 활기를 불어넣고, 사회적 창조력과 국가경쟁력을 증대시키는 방향으로 나아가야 한다.

사람들이 돈만을 좇는 시대에 오히려 적당히 남기려는 추세가 확산되고 있다. 빛이 있으면 그림자가 있듯이, 저가 커피 전문점이 경쟁력을 갖고, 오천원으로 배불리 먹을 수 있는 음식점이 서민들과 함께 들풀처럼 질긴 생명력으로 살아남는다.

서해의 독도라 불리는 '격렬비열도'란 섬이 있다. 이처럼 격렬과 비열이 판을 치는 치열한 경쟁 속에서 살아남기 위해서는 역설적으로 적당히 남기고 함께 고통을 나누려는 상생의 마음이 흘러 넘쳐야 생존의 희망도 커진다.

경쟁과 상생 관계처럼 갈등과 공존도 마찬가지다. 인간을 포함한 자연의 모든 것은 유전자의 명령에 의해 움직이고 결정된다. 진보와 보수, 좌우의 갈등이 도를 넘고 있다. 세상엔 오른손잡이가 대다수를 차지한다. 좌우의 균형을 얘기하지만 역사적으로 혁신을 추구하는 좌파보다 안정을 지향하는 우파가 지배세력인 경우가 많았던 것도 자연의 법칙 때문이 아닐까 생각한다.

덩굴식물이 감아 올라가는 방향도 마찬가지다. 갈등葛藤에서 '갈'은 칡나무, '등'은 등나무인데 칡처럼 오른쪽으로 감아 올라가는 덩굴식물이 등나무처럼 왼쪽으로 감아 올라가는 덩굴식물보다 더 많다고 한다. 어쨌든 갈등이란 단어의 유래는 칡나무와 등나무가 얽히는 모양새에서 유래했다. 현대에 와서도 사람들이 좌우, 남북으로 최근에는 세대, 남녀 등 전방위적으로 쪼개져서 실타래처럼 얽히고설켜 있는데, 이 단어는 이러한 형국을 절묘하게 표현하고 있다.

왼손잡이와 오른손잡이가 서로 어울리는 데 전혀 문제가 없듯이, 진보와 보수, 좌우는 상호간의 발전에 필요한 대안세력이자 견제세력으로 함께 가야 한다. '서로의 가치를 인정'하는 것이 진보와 보수, 남과 여, 기성세대와 젊은 세대, 가진 자와 사회적 약자가 갈등을 넘어 공존하고 즐겁게 경쟁할 수 있는 바탕이라고 생각한다.

우리는 왜 대한민국을 사랑해야 하는가

누군가의 말이다. 아프리카 최빈국에서 한국으로 돌아왔을 때 정말 사람 사는 세상 같았다고, 그런 마음 이해된다. 누구나 자신이 경험한 눈으로 세상을 본다.

한국사회는 경제 사회적 불평등으로 인한 불만도 높고, 먹고 살기 힘들어 못 살겠다는 아우성이 넘쳐난다. 다시 '태어난다면' 한국인이 아닌 미국이나 유럽의 부유한 백인남녀로 태어나고 싶다고 한다.

하지만 솔직해지자. '무지의 장막'에 가려진 추첨통에서 무작위로 선택한 나라에 살아야 하는 경우와 지금처럼 대한민국에서 사는 것 중 하나를 선택하라면 어떻게 할 것인가.

아프리카 나라들을 포함해 전 세계 국가를 살고 싶은 순서대로 한 줄로 세우면 대한민국은 상위 20퍼센트 안에 들어간다. 따라서 나라면 지금 대한민국 국민으로 살아가는 것을 선택할 것이다.

"국가가 나를 위해 무엇을 해 줄 것인가를 생각하기 전에, 내가 국가를 위해 무엇을 할 수 있는가를 생각하라"는 고리타분한 문장을 읊조리고 싶지는 않다. 하지만 국가와 삶에 대해 어떤 태도를 가지는 것이 '일상의 즐거움'을 풍부하게 할 수 있는가에 대해서는 한번쯤 고민해 봄직하지 않을까.

거대한 부패의 고리

‘부패척결’ ‘부패와의 전쟁’ 등 수많은 정책이나 제도 시행이 결국 도돌이표처럼 원점으로 돌아오는 실패를 반복하는 이유는 무엇일까? 청렴문화가 정착되기 위해서 우리는 무엇을 어떻게 해야 하는가?

역사와 운명을 같이 할 네 가지가 매춘, 스파이, 바퀴벌레와 함께 부패라고 한다. 결국 부패는 박멸 불가능하다는 것이다. 그럼 왜 부패는 박멸 불가능한 것일까. ‘거대한 부패의 고리’ 때문이다.

세계 주요 지진대와 화산대 활동이 중첩된 환태평양 조산대의 분포 모양이 원과 비슷하여 ‘불의 고리(ring of fire)’라고 한다. 부패생태계의 연결은 마치 불의 고리처럼 거대한 하나의 고리로 연결되어 있다. 역설적으로 사회적 약자나 서민들조차도 이 '거대한 부패의 고리(ring of grand corruption)'에 들어가기를 동경하고 선망한다. 그래서 지배세력의 부역자, 그 부역자의 하수인들이 끊임없이 생겨나는 것이다.

이처럼 인간세상에서 정의롭지 않은 법, 부패생태계가 하나의 고리로 연결되는 이유는 무엇인가. 인간은 극단적인 탐욕과 어리석음이라는 이기적 유전자를 가지고 있기 때문이다.

자연스럽게 균형이 이루어지는 자연 생태계와 달리, 거대하고 뿌리 깊은 부패시스템이 강자와 약자가 공존하고 공생하는 인간 생태계를 파괴한다. 이것이 청렴 생태계를 강화해야 하는 이유다. 자연현상 중에 발효가 있다. 미생물이 분해되어 부패하는 과정에서 나타난다. 발효가 인간생활에 유익하듯이, 부패가 전혀 없는 상태보다는 부패와 청렴 생태계의 균형이 건강한 긴장감 조성으로 인간생태계를 지속하게 한다고 생각한다.

이와 같은 부패와 청렴시스템의 균형을 바탕으로 인간 생태계가 건강하게 작동하기 위해서는 세 가지 조건이 충족되어야 한다.

첫 번째는 부패는 그림자와 같아서 완전히 없앨 수 없다는 것을 수용하는 것이다. 자본주의는 자본을 가진 자가 지배하는 질서이기에 자신들의 이익을 우선할 것이다. 따라서 인간은 "밑 빠진 독에 물붓기"처럼 채울 수 없는 탐욕덩어리라는 것을 인식하고 인정하는 지점에서 문제해결이 시작된다.

두 번째는 대통령부터 통장까지 선거를 통해 강직하고 청렴한 사람을 지속적으로 뽑는 것이다. 이런 과정을 통해 선출된 리더들은 공직자로 적합하지 않은 썩은 사과들을 솎아낼 것이다. 썩은 사과 하나가 들어있는 사과상자는 결국 다 썩게 되듯이, 강하고 청렴한 리더가 악질적이고 타락한 썩은 사과, 극단적 탐욕으로 물든 불량감자를 지속적으로 걸러낸다면 국민과 국가에게 이익이 된다.

세 번째는 지도자들을 중심으로 오랜 시간 쌓아올린 청렴시스템과 문화의 구축이다. 이렇게 세 가지 조건의 충족을 바탕으로 부패와 청렴 생태계가 균형을 이룰 때에 지속가능한 문화국가와 청렴사회로 나아갈 수 있다.

'불의 고리'는 인간의 통제범위를 벗어난 자연 재난의 영역이다. '거대한 부패의 고리'도 마찬가지다. 우리가 해야 할 일은 고리를 완전히 끊어내려는 무모한 시도가 아니라 가장 현실적이고 효율적인 해결방안을 찾아 치밀하게 실행하는 것이다.

한 유명인의 추락을 통해 본 관행의 민낯

●
○

한 번 형성된 물길은 바꾸기 어렵듯이 일상으로 굳어진 관습이나 관행도 돌이키기 어렵다.

관행과 관습의 원인 중의 하나가 길들여짐이라는 학습된 무기력이다. 전기충격 실험을 통한 '학습된 강아지'의 무기력을 보면서 샐리그만은 '학습된 무기력'이란 개념을 도입했다. 동물이 길들여짐으로 무기력하게 되듯이, 인간도 '갑질'이든, 잘못된 사회화 과정이든 관행을 지속적으로 학습해 왔다면 자신의 의지여부와 상관없이 길들여지고 무기력해진다.

따라서 아무도 관행으로부터 자유로울 수 없다. 관행과 관습은 일상에 깊이 녹아들었고, 뿌리내렸기 때문이다. 어찌 보면 오래된 관행으로 인한 잘못을 지금의 엄격한 잣대로 처벌하고 단죄하는 것은 가혹할 수 있다. 소수는 자신이 저지른 잘못과 견주어 너무 큰 고통을 겪을 수 있다. 그럼에도 불구하고 일벌백계하고 엄중히 처벌해야 한다. 새로운 시작을 위한 불가피한 과정이다.

조영남 씨는 한때 내가 좋아했던 사람이다. 나는 오랫동안 그가 관행을 넘어선 사람이라고 생각했다. 나의 이런 기대가 배반당해서 아프다.

조영남 씨보다 연배인 우리 어머니가 말했다. “조영남은 수백억 원을 가지고 있을 거라고. 그런 부자가 화투를 소재로 한 작품 하나당 수백을 받을 수 있다면, 무명의 대작 작가에 10만 원이 아니라 50만 원만 주었어도 이런 일은 일어나지 않았을 거라고.” 나는 어머니의 현실적이고 단순한 의견에 전적으로 동의하지는 않지만. 그에게 탐욕의 절제가 있었다면 법적, 도덕적 차원의 옳고 그름을 떠나 지금도 차별화된 끼로 인기를 누리고 있을 것이란 생각을 해 본다.

나에게 조영남은 기인이자 시대의 ‘이단아’였고, 인기 라디오 프로그램 메인 진행자로 오랫동안 서민들의 애환을 달래준 사람이었다. 나는 그런 그가 서민의 삶을 전혀 이해하지 못하는 사람인 줄을 몰랐다. 기이한 행동을 하고 다니지만 소탈한 성품과 선한 의지를 가진 이웃집 아저씨라고 착각했다.

조영남에게는 위대한 반역자의 DNA가 느껴졌었다. 기존의

• 생각을 벗 삼아

권위나 상식을 뒤집어 엎어버리는 창조적 발상, 지칠 줄 모르는 열정과 도전의 화신처럼 생각했다.

그렇기에 자신의 이익에 매몰된 탐욕주의자처럼 보이는 조영남 씨에게 크게 실망했다. 내 나름대로 그가 '왜 그랬을까' 하고 추측해본다. 문제의 중심에 있으면 문제가 보이지 않듯이, 탐욕에 중독되면 탐욕스런 자신의 모습을 보지 못한다. 법의 판결에 따른 유무죄를 떠나, 그는 비난받아 마땅하다. 인기를 먹고 사는 공인으로서 개인의 영달과 탐욕을 위해 국민들의 사랑을, 팬들의 믿음을 배신했기 때문이다.

상식이 일상에서 살아 숨 쉬기 위해서는 관행에 대한 일반인식의 전환이 필요하다. 관행은 상식이 아니라 잘못된 행위다. 관행은 권력과 돈을 가진 자만이 휘두를 수 있는 무기다. 관행은 심각한 범죄나 문제를 가벼운 실수로 둔갑시킨다. 관행은 늑대의 사악함을 강아지의 애교로 탈바꿈시킨다. 이처럼 관행은 비상식을 상식으로, 비합리를 합리로, 비윤리를 윤리로 만든다.

아름다운 관행도 있지만, 대다수의 관행은 이처럼 비상식적이고 비합리적이며 비윤리적이다. 따라서 나는 상식이 관행을 이길 때 좋은 사회가 만들어지고, 일상을 지배하는 관행이란 이름의 괴물을 처단해야 상식과 양식이 통하는 세상, '일상의 힘'이 살아 숨 쉬는 건강한 사회가 된다고 믿는다.

시스템의 역설

최저임금 인상이나 근로기준법 개정을 통한 근로시간 단축이 당초 정책 취지와는 반대로 근로자의 소득과 일자리 감소를 가져온다고 강조하는 글들이 있다. "세상 물정 모르고 책상에서 만들어 낸 정책의 한계"를 언급하기도 한다. 하지만 아직 정책의 효과를 예단하기는 이르다. 국민경제와 직결된 정책은 양면성이 가지고 있기에 좀더 긴 시간을 두고 정책의 실질적 효과와 타당성을 논하는 인내심이 필요하다.

이와 관련해서 '코브라 효과'라는 말이 있다. 인도가 영국의 식민지였던 시절에 영국은 코브라를 제거하기 위해 머리를 잘라서 가져오면 상금을 주었다. 초기에는 반짝효과가 있었지만, 시간이 지날수록 코브라 수가 줄어들기는커녕 오히려 늘어나는 기현상이 벌어졌다. 상금을 타기 위해 집에서 코브라를 사육했기 때문이다. 이처럼 어떤 문제를 해결하기 위해 시행한 대책이 오히려 문제를 더 악화시키는 현상을 '코브라효과'라 한다.

어느 신문에서 '지하철 노약자석 지정으로 젊은 세대의 자리 양보가 사라졌다'는 글을 읽고 '코브라 효과'가 생각났다. 지하철 노약자석이나 임산부 전용석 지정이 양보에 대한 심리적 부담감을 없애 노약자니 임산부에게 자리를 양보하는 미덕을 약화시킨다. 나아가 지정석에만 앉지 않으면 눈앞에 서있는 노약자를 빤히 쳐다봐도 불편해 하지 않는다,

이는 노약자에 대한 배려와 동방예의지국이란 문화의 가치를 배반한 것이다. 어린이집에서 지각한 부모에 벌금을 물리자 부모는 늦은 시간에 아이를 데려가는 것에 거리낌이 없어졌다는 뉴스를 들었다. 이와 같은 어린이집 사례는 지각에 대한 벌금 등 금전적 변상이 도덕적 의무감에 면죄부를 준다는 점에서 앞서 언급한 지하철 노약자석 지정과 같은 맥락이다.

정책이나 제도의 시행에 있어 보이지 않는 부분까지 고려하고 검토할 수 있는 혜안이 필요하다.

김영란법과 관행

'관행과 관습'이란 괴물에 도전장을 던진 법이 있다. 바로 김영란법이다.

관행은 시스템이다. '부정부패 관행'은 '부정부패 시스템'이다. 김영란법의 시행으로 부정부패 총량이 감소되어야 한다. 하지만 처음엔 반짝효과가 있겠지만 어느 정도 시간이 지나면 이전 상태로 되돌아갈 가능성이 높다.

첫 번째 이유는 부패는 시스템으로 움직이기에 시스템의 부속품 역할을 하는 인간들은 끊임없이 교체될지언정 시스템은 굳건히 돌아가기 때문이다.

두 번째 이유는 부패총량 불변의 법칙이다. 시스템의 부속품들 입장에서는 불량 부속품들은 부정부패로 강력하게 처벌되겠지만, 시스템 전체로 보면 언제나 부패로 얻는 이익이 손해보다 크다. 그들은 부패의 이익을 포기하지 않을 것이기에 김영란법 시행으로 보이는 부패감소의 수치는 진실을 왜곡시키는 '숫자의 덫'이나 '회칠한 무덤'이 될 가능성이 크다. 오히려 뿌리 깊어 뽑을 수도 없고, 정오의 그림자처럼 숨어있어 발각되지 않을 부정부패로 국민이 체감하는 부패는 더욱 크고 깊어질 수도 있다.

부정부패라는 거대한 악의 시스템에 맞선 김영란법은 힘겨울 것이다. 이것은 '다윗과 골리앗'의 싸움이다. 국가의 강력한 의지가 지속되고, 국민들이 끝까지 인내한다면 김영란법 시행이라는 윤리혁명이 영원히 꺼지지 않는 불꽃이 되어 '다윗과 골리앗' 싸움처럼 부정부패를 밀어내고 새로운 선진문화의 시대를 꽃피울 수 있다.

착각과 확률의 전쟁

인간의 삶은 착각과 확률 간의 끝없는 '도전과 응전'이다. 분명한 것은 착각이 최후의 승자가 될 거라는 점이다. 인간에게는 불행이다. 도박을 예로 들면 착각은 필연적으로 망상과 환상에 빠지게 만들고 현실도피와 의존이 심해질수록 자기파괴적 증상은 악화된다. 사람들은 착각의 단계를 거쳐 중독이란 병에 걸리고 '나는 딸 것이다' '나는 이길 것이다' '상황은 나에게 유리하게 바뀔 것이다'라는 과대확신에 빠진다. 하지만 정도의 차이만 있을 뿐 누구도 자신의 성격이나 능력에 대한 과대평가와 망상에서 벗어나기는 어렵다.

그것은 합리적 이성과의 싸움에서 비합리적 감성이 승리하듯이, 확률이 착각을 이길 수 없기 때문이다. 이런 인간의 본성을 가장 잘 이용한 것이 사행산업이다. 대부분의 인간은 도박에서 딸 것이라는 착각, 즉 운에 대한 과신(overconfidence)이 있기에 필연적으로 도박에 중독된다.

같은 맥락에서 결혼에 대한 환상에 빠져 있다면, 상대방에 대한 이해와 배려가 부족한 결혼은 실패할 가능성이 높기에 신중해야 한다는 말이나 '결혼은 인생의 무덤이다' 등등의 말은 귀에 들리지 않는다. 왜냐하면 나는 행복한 결혼생활을 할 것이라는 착각에 빠져 있기 때문이다. 이를 심리학에서는 '자기애의 법칙 과신' 또는 '정서적 예측의 오류'라 한다. 그래서 오늘도 수많은 사람들이 불나방처럼 결혼이라는 도박에 뛰어들고, 결국 파국에 이른다.

확률과 착각의 관계를 보여주는 '하인리히 법칙'이란 것이 있다. 한 번의 대형재난 뒤에는 24개의 작은 사고, 300개의 사소한 위험신호를 보내기에 "1 : 24 : 300의 법칙"이라고도 한다. 이 법칙은 통계라는 확률의 법칙에 근거해서 만들어졌지만, 위험의 일상화에 대한 인식을 제고하고, 비합리성에 근거한 착각을 경계하는 경우에 인용된다.

이 법칙이 자주 인용되는 이유는 '나만은' '우리 조직만은' 예외이기에 이 정도면 문제가 없다는 착각을 깨부수기 위해서다. 삼풍백화점, 성수대교, 세월호 참사는 모두 지금 당장 '무슨 문제가 생기겠어!'라는 근거 없는 낙관주의나 '설마, 나에게'라는 예외심리와 착각으로 인해 일어났다.

따라서 사고나 재해의 방지뿐만 아니라, 성공과 사랑, 인간관계와 신뢰 구축을 위해서 착각이 아니라 확률이 더 중요한 결정요인이라는 인식을 확산시켜야 한다. 결국 '뿌린 대로 거둔다'는 진리를 명확하게 보여주는 건 '숫자'다. 착각에서 벗어나 확률을 믿어야 한다.

본전생각의 덫

매몰비용(Sunk cost)이란 경제용어가 있다. 이는 다시 되돌릴 수 없는 비용. 즉 의사결정을 하고 실행을 한 이후에 발생하는 비용 중 회수할 수 없는 비용을 말한다. 나는 매몰비용을 일상어로 바꾸면 '본전생각'이라고 생각한다.

중독에서 벗어나지 못하게 만드는 중요한 이유의 하나가 '본전생각'이다. 도박중독에서 벗어나지 못하는 것도, 무덤덤해진 애인과의 관계를 끊지 못하는 것도, 시시껄렁하고 심드렁한 대화에서 빠져나오지 못하는 것도 본전생각 때문이다.

본전생각에서 벗어나는 좋은 방법은 마음을 '내려놓고 비우는 것'이다. 하지만 우리는 반대로 생각하고 행동한다. 어떤 이는 '오늘은 왠지' 잃은 돈을 딸 것 같은 망상에 빠져 무엇에 홀린 것처럼 도박장으로 발걸음을 옮긴다.

어떤 이는 설렘이 사라진 애인과 무덤덤한 데이트를 이어가며, 어떤 이는 선불을 지급한 재미없고 짜증나는 단체여행을 정해진 시간표에 따라 노예처럼 끌려다닌다. 이처럼 '본전생각의 덫'에서 탈출하지 못한다면 일상의 중독에서 벗어나기는 불가능하다.

• 생각을 벗 삼아

싱크홀 증후군과 초위험사회

'싱크홀 증후군'은 내가 잘못하지 않은 상황에서 나도 모르게 위험에 처하게 되거나, 전혀 예측할 수 없는 상황에서 위험에 빠지는 경우를 말한다. 교통사고 등은 내 잘못이 있거나, 사고 발생 개연성을 예상하고 있다는 점에서 '싱크홀 증후군'과 다르다. 하지만 '싱크홀 증후군'도 너무 커서 보이지 않을 뿐 국가의 부패, 정책결정자의 무능과 무책임이 가장 큰 원인이다.

'싱크홀 증후군'이 확산되면 사회적 피해망상이 확산된다. '묻지 마 범죄'처럼 길 가던 행인이 나에게 칼을 찌르지 않을까. 회식자리에서 동료가 나를 폭행하지 않을까 등등 멘탈붕괴가 사회전반으로 확산된다. 이는 필연적으로 사회적 관계망 해체와 함께 불신, 각자도생과 처절한 생존경쟁의 가속화로 이어진다.

그 결과 '설마 나에게까지 그런 일이 생길까'라는 일이 벌어진다. 그런 일은 우리가 생각한 것보다 훨씬 심각한 모습으로 우리 삶을 벼랑 끝으로 밀어낼 것이다. 울리히 백의 '위험사회'를 넘어 위험이 일상화된 '초위험사회'의 도래다. 대처방법은 위험이 일상화된 초위험사회임을 인식하고, 철저하게 경계하고 대비하는 것이다.

깔딱고개를 넘어라

높은 산뿐 아니라 낮은 산에 오를 때도 반드시 숨이 턱까지 차는 깔딱고개를 만난다. 인생길도 마찬가지다. 도전과 모험으로 가득 찬 가파른 길만 아니라 평범한 인생길도 수많은 고갯마루와 깔딱고개는 있다. 관건은 고갯마루를 지나고 깔딱고개를 넘어야 정상에 오를 수 있고, 새로운 세상과 만난다.

깔딱고개를 넘어 정상에 오르기 전까지 산은 그 아름다운 속살을 허락하지 않듯이, 세상의 모든 멋진 경험도 깔딱고개라는 고난과 인내의 시간을 넘어야 마주할 수 있다. 열정과 도전, 타고난 재능조차도 사용하지 않으면 녹이 슨다. 마음의 빗장을 열고 눈부신 햇살이 비추는 세상에 구석에서 잠자고 있는 열정과 어둠 속에서 웅크리고 있는 재능의 눈부신 속살을 드러내자.

자살공화국 탈출을 위해

우리 민족은 '슬픔'과 '한'을 속으로 삼키는 것이 체질화되었다. 그런 유전자가 있어서인지 가족에게조차 자신의 고통을 잘 표현하지 않는다. 이는 자연스럽게 타인의 슬픔과 고통에도 눈을 감게 만든다.

그래서 아프다고, 힘들어 죽겠다고 아무리 신호를 보내도 그것은 방음된 유리상자 속의 외침처럼 타인에게 심지어는 가족에게조차도 전해지지 않는다. 이것이 자살률 1위 대한민국의 명성을 드높인 이유다.

절망에 빠진 자, 벼랑 끝에 서 있는 자의 손을 아무도 잡아주지 않는 이 냉혹하고 저주받은 세상에서 근본적인 대책은 없다는 것을 인정하자. 더러워서라도 스스로 다시 일어서야 한다.

국가를 포함한 타인에 대한 의존과 기대를 접고, 스스로에 의지해야 한다. 그것이 깊은 절망에서 바닥을 치고 다시 일어서는 길이다.

아울러 함께 밥 먹고, 함께 자고, 즐거움과 어려움을 나누는 가족의 진정한 의미를 회복해야 한다. 죽음 같은 절망의 상황에서 나를 응원하고, 내 손을 잡아주는 단 한 사람만 있어도 '절망에서 다시 일어선 자'로 새로운 삶을 살 수 있다. 힘들면 도와달라고 가족과 친구에게 손을 내밀어라. 그리고 힘들고 고통스러워하는 사람을 가슴으로 응원하고 그들의 손을 잡아주어라.

그런
지도자는 없다

유홍준 교수의 강의 중 기억나는 부분 중의 하나가 경회루의 의미다. 지배계급이 경회루에서 아래를 내려다보면서 두려움과 백성에 대한 경외감을 가졌다는 그의 설명에는 선뜻 동의하기 어렵다. 정말 그들은 경회루에 앉아 연회를 하면서 그런 생각을 했을까 하는 강한 의구심이 든다. 왜냐하면 높은 곳에서 낮은 곳에 있는 백성을 쳐다보면서 그런 태도를 견지할 수 있는 건 극소수의 성숙한 인격체만이 가능하기 때문이다. 오히려 인간의 본성이나 상식에 따르면 저 높은 곳에서 낮은 곳을 보면 사람이 개미나 벌레처럼 하찮게 보인다는 말이 보편적 인식에 가깝다.

인간은 높은 곳을 좋아한다. 특히 자신의 뒤나 위에 아무것도 존재하지 않는 공간을 더 좋아한다. 그 공간은 비행기 위일 수도, 경회루일 수도, 산의 정상일 수도, 권좌일 수도 있다. 그곳에서 세상과 사람을 어떻게 보는가가 그 사람의 그릇이다. 거대한 빌딩이 성냥갑처럼 보이고, 인간이 개미처럼 짓밟을 수 있는 존재로 보인다면 그는 냉혹한 사람이거나 잔혹한 지도자가 될 가능성이 크다.

높은 곳에서 사람들의 아픔과 고통을 볼 수 있고, 스스로에 대한 겸손과 국민을 위해 헌신해야겠다는 마음이 든다면 그는 선함을 실천하는 사람이 되거나 위대한 지도자가 될 것이다.

'기다림의 관리'에 투자하라

이름이 알려진 병원이나 맛집일지라도 예상을 넘은 긴 기다림은 우리를 짜증나게 만든다. 사회가 다원화되고 자본주의가 고도화되어 불확실성이 증가할수록 불안감은 커지고 예측할 수 없는 상황에 대한 참을성이 사라져 간다.

고객은 언제나 처음이다. 첫 만남을 마법의 순간으로 만들어야 한다. 고객은 변덕쟁이이고 잘 토라진다. 왜냐하면 짧은 순간만이라도 대접을 받고 싶기 때문이다. 이러한 기대가 무너지면 마음의 상처는 상상 이상으로 크다. 그래서 앞으로 서비스 산업의 핵심은 '기다림의 관리'가 관건이다.

고객이 기다리는 시간을 가능하면 즐겁고 의미 있는 시간으로 만들어야 한다. 비법이 있다. 음식이나 물건의 마진을 적당히 남겨라. 이처럼 적당히 남길 때 서비스의 질이 좋아지고 손님은 많아진다. 손님이 많아지면 기다림의 시간이 길어진다. 그래서 반드시 늘어난 이익을 기다리는 시간을 즐겁게 만드는 '기다림의 관리'에 투자해야 한다.

입맞춤의
두 얼굴

상사는 느끼한 눈빛을 하고 내 귓불을 살짝 깨물면서 말한다. "애무하려는 게 아니고 네 귀에 대고 속삭이는 거라"고. 지금까지는 연인 사이에 입을 맞추든, 거짓의 성을 쌓기 위해 입을 맞추든, 부정부패를 숨기기 위해 입을 맞추든 간에, 입을 맞추고 나면 얻는 게 더 많았다. 나아가 입맞춤을 잘할수록 현실에서 출세와 성공가도를 달려가는 반면 처벌과 책임에서 벗어나 살아남을 가능성이 훨씬 높았다.

물론 입맞춤은 발각되거나 드러날 가능성이 적음에도 불구하고 일벌백계一罰百戒 차원에서 세상에 알려지면 그 대가는 혹독하다. 억지로 입 맞춘 것이 드러나면 성추행으로 처벌되듯이, 거짓으로 입 맞춘 것이 드러나면 재기가 불가능할 정도로 엄하게 처단된다. 그럼에도 불구하고 입맞춤의 이익이 너무 크고 달콤해서 도도한 흐름을 막기엔 역부족이었다.

분명한 것은 앞으로는 달라질 것이라는 점이다. IT기술기반 인터넷이나 스마트폰 등 감시기술의 발달로 인한 투명성 제고와 함께 시민의식도 높아졌다. 따라서 '돼지입술의 연지'라는 말처럼 입맞춤을 통한 더럽고 추악한 공모는 엄하게 처벌됨은 물론 나른 범죄나 질못에 비해 발각될 가능성이 많아졌다. '입맞춤'으로 인한 손해가 이익보다 커지는 추세가 가속화될 것이다.

PART 7

선택의 기로에서

청년세대,
기성세대

●
○

첫 번째 테마: 젊은 세대의 위기

세계적인 문명비평가인 제러미 리프킨은 0.1%의 창의적 인간과 이들을 알아보는 혜안을 지닌 0.9%의 인간이 문명사회를 이끌었고, 나머지 99%의 잉여인간이 문명의 과실을 향유하면서 살아 왔다고 했다. 그러한 패턴은 인류가 시작된 이래로 반복되어왔는데 문제는 미래다. 창조적 인재를 발굴하고 키우는 통찰력과 안목은 꾸준히 증가하고 있지만 창의적 인재 비율은 늘지 않는다고 생각한다. 그래서 미래는 0.1% 창의적 인간과 99.9%의 비창조적 인간으로 나뉠 것이다. 창의적 인간과 비창의적 인간 사이에는 넘을 수 없는 수직관계가 형성된다.

이처럼 전 세계적으로 창조적 인간의 비율이 증가하지 않는 큰 원인 중의 하나가 젊은 세대의 창조성 상실이다. 특히 우리나라 사례에서 보듯이 젊은이가 공시족이 되기 위해 고시원으로 구름처럼 모여드는 것은 분명 비정상이다. 인재가 안정적인 직업분야로만 몰릴 때 '생존의 덫'에 갇힌 비창조적 젊은 세대가 대량 양산됨으로써 국가의 미래경쟁력을 갉아먹는다.

젊은 층이 먹고사는 문제에 매달려 안정된 직장을 삶의 최우선가치로 삼을 때, 공무원이나 공사취업 등 안정이란 이름의 '좁은 문'은 미어터진다.

이런 취업경쟁은 필연적으로 수많은 경쟁낙오자를 잉여인간으로 만든다. 결국 개인에게는 엄청난 절망감을 폭발시키고, 사회적으로는 거대한 비효율을 초래함으로써 병들고 위험한 사회를 앞당긴다.

이미 청년세대는 미래에 대한 불안과 두려움에 사로잡혀 있기에 해결책을 찾기 힘들다. 결국 창의와 공감으로 무장해서 미래사회를 이끌어야 할 우수한 인재들은 채 꽃도 피워보지 못하고 안정으로 달려가다가 '안장' 되고 우리의 미래도 함께 '순장' 될 것이다.

지금은 전 세계적으로도 젊은 세대가 기성세대에 비해 소득이 적은 유일한 세대라고 한다. 이런 젊은 세대 위기는 기득권을 가진 기성세대가 욕심을 버리지 않기 때문이라고 생각한다.

또한 젊은 세대가 유산 때문에 "부모가 63세에 죽었으면" 한다는 조사결과를 읽었다. 생존의 절박함과 돈에 대한 탐욕은 인간에 대한 예의와 도리를 웃음거리로 만든다.

하지만 젊은 세대에게 마냥 손가락질할 수 없다. 젊은 세대가 이같은 생각을 하는 이유는 그만큼 일자리 부족으로 인한 생존 위기가 심각하고 미래가 불확실하기 때문이다. 그들에게 도덕과 윤리, 창의와 도전, 꿈과 인간다운 삶을 말하는 것은 한가한 넋두리다. 먼저 젊은 세대가 일할 수 있는 기반을 마련해 주어야 한다. 인간에 대한 존중과 예의를 논하는 것은 그 다음 문제다.

생존기반이 불확실할 때 사람들은 불안하고 절박해진다. 그래도 해결책이 보이지 않을 때는 잔혹해진다. 앞으로 점점 잔혹한 세상이 될 것이다. 그래서 "세상은 아름답고 사람들은 웃는다."라는 말보다 "세상은 추하고 사람들은 슬프다"라는 월리스 스티븐스의 말에 더 공감한다. 그럼에도 불구하고 우리는 일상의 즐거움을 더하기 위해 "세상은 아름답고 사람들은 웃는다"라는 말을 가슴에 담고 살아야 할 것이다.

젊은 세대는 이 같은 위기를 겪고 있지만 기득권세력은 젊은 세대의 창의력을 키우고 지원하기 위한 실질적이면서도 구체적인 행동은 없다. 따라서 세대전쟁에서 경제적으로 유리한 고지를 선점한 기득권세력이 항상 유리하다.

갈등이 커져가는 세대간의 화해와 협력을 위해 기득권세대는 기득권에 대한 양보가 있어야 한다. 젊은 세대는 도전정신을 바탕으로 잃어버린 창조력을 회복해야 한다. 나아가 기득권세대와의 진지한 대화나 상생의 노력을 견지하되, 필요한 경우에는 강력하게 항변하고 저항해야 한다.

두 번째 테마: 죽을 때까지 멋지게 사는 법

인간은 죽을 때까지 성장하는 극소수를 제외하고는 태어나면서부터 성숙해져가는 것도, 매일매일 닳아지고 부서지면서 소멸하는 것도 아니다. 대다수의 인간은 끊임없이 새롭게 변화할 뿐이다. 관건은 '어떻게 변화하는가'에 있다. 변화한다는 것은 인간은 모두 독특한 존재라는 의미로 나이에 관계없이 인간은 동등하고 대등하다는 것이다.

처음과 끝이 같은 것은 없다. 모든 것은 시간과 공간에 따라 변한다. 그런데 변화에는 좋은 쪽과 나쁜 쪽, 두 가지 방향만 존재한다. 나이들수록 좋은 사람으로 변하면 금상첨화다. 현실은 정반대다. 나이들수록 속 좁고 나쁜 사람으로 변하고, 책임감도 사라지고, 사랑은 퇴색한다.

인간은 나이들수록 아름다움에서 추함으로, 순수함에서 타락함으로 변해가는 동물이다. 역설적으로 이를 인정한다면 성찰과 자기사랑을 통해 보다 성숙해지는 삶을 살아갈 수 있다. 나이의 틀을 깨고, 나이 들어 주책이라는 말을 들을 수 있을 때에 진정한 멋이 배어나온다. '이 나이에 내가 하리'라는 말을 달고 사는 사람은 뒷방 늙은이다. 흰 머리를 갈기처럼 날리면서 '내가 한다' 하고 벌떡 일어설 때 그는 야성을 지닌 사자가 된다.

100세 시대라고 한다. 사람의 수명이 길어지면서 이제 세상은 이삼십대 그리고 사십대가 비슷한 고민을 하는 시대가 되었다. 그럼에도 불구하고 노인과 청년을 가르는 가늠자는 있다.

지금이 인생의 황금기인 사람이라면 누구나 청년이다. 듣는 것보다 말하는 것을 좋아하고, '좋았던 그 시절'의 추억을 되새김질하면서 고장 난 시계처럼 흘러간 과거를 읊어대는 사람은 누구나 노인이다.

그럼 꼰대 같지 않은 멋진 기성세대가 되는 방법은 무엇인가? 첫 번째는 경청이다. '인턴'이란 영화에서 '로버트 드니로'가 말한 '입은 닫고 귀는 여는 사려 깊은 사람'이 되는 것이다. 듣고, 듣고, 또 들어라. 마치 조선시대 종갓집 며느리처럼 듣기만 하라. 듣는 것보다 말이 많을 때 당신은 꼰대다.

두 번째는 '입은 닫고 지갑은 여는' 여유 있는 사람이 되는 것이다. 돈을 써라. 지갑을 닫을수록 궁상스럽고 찌질한 꼰대가 된다. 돈을 쓰기 싫으면 아예 혼자서 놀아라.

세 번째는 뒷담화를 멀리하라. 뒷담화는 입에 오물을 품고서 말하는 것과 같다. 부메랑처럼 자신도 뒷담화의 안줏거리가 된다. 멋진 기성세대는 대화하는 사람들의 얼굴과 마음을 푸르게 만든다. 그는 뻔하고 식상한 상투어나 독선과 교만으로 하품을 전염시키고, 푸른 대화를 칙칙한 갈색으로 말려 죽이는 '대화의 점령군'이 아니다. 갈등상황에서도 뒷담화보다는 상대방의 의견을 경청하고 솔직 담백하게 자신의 의견을 피력하여 적극적으로 문제를 해결하고, 관계를 개선하려고 노력하는 '대화의 평화유지군'이다.

마지막으로 섹시해져라. 세월의 흐름을 되돌릴 수는 없지만 할 수 있는 만큼 자신의 몸매를 관리하고, 몸매에 어울리는 깔끔하고 멋진 옷차림을 하고 다녀라. 멍석을 깔아주면 셔츠단추를 풀고 번듯한 가슴을 열어젖힐 수 있는 자신감을 가져라. 꾸준한 자기관리와 패션감각으로 '어떤 자리에도 조화롭게 어울리는' 매력적인 사람이 되라.

4차 산업혁명: 유토피아, 디스토피아

●
○

4차 산업혁명이 야기할 미래에 대한 예측이 극단적으로 갈라진다. 4차 산업혁명이 가져올 대량실업과 일상의 위험 확산이라는 암울한 담론이 사회를 뒤덮는 것도 문제이지만, 더 큰 문제는 4차 산업혁명이 국민들의 삶을 편리하고 풍요롭게 만들 것이라는 과도한 낙관이다. 과연 이러한 장밋빛 전망이 미래에 대한 철저한 대비에 도움이 될 것인가 하는 점이다.

4차 산업혁명이 실업발생 등 사회와 경제에 미칠 파장의 폭과 깊이는 아무도 알 수 없지만 분명한 것은 일자리 잠식을 시작으로 실업과 빈곤문제가 증가할 거라는 사실은 피할 수 없는 현실이다.

따라서 예상할 수 있는 최악의 시나리오를 상정해야 구체적이고 실행가능한 대비방안을 마련할 수 있으며, 이것이 후회를 최소화하는 길이라 생각한다.

만약 지나친 낙관과 진상에 대한 호도糊塗 속에서 제대로 준비되지 않은 채 4차 혁명의 파고에 휩쓸리면 대량실업이 현실화되고, 지뢰밭처럼 예측하지 못하는 일상 속 위험이 증가하면서 사회적 불안과 공포는 급속도로 확산될 것이다.

하여, 4차 산업혁명의 긍정적 진밍과 아울러 냉정한 현실 직시를 통한 최악의 시나리오를 바탕으로 국가차원의 구체적인 대비책 마련에 총력을 기울임은 물론 범사회적인 인식과 관심을 제고해야 한다.

첫 번째 이야기, 우리는 왜 인공지능 판사를 원하는가

'우리는 왜 인공지능 판사'에게 판결받기를 더 원하는가. 그것은 인간에 대한 불신 때문이다.

누구나 법 앞에서 차별 없이 공정하게 재판받을 것이라는 신뢰가 무너졌다. 인공지능 판사에게 재판 받기를 원하는 사람이 늘어나고 있다는 건, 우리 사회의 '도덕과 공정'의 현주소를 말해준다. 헌법에서 법관의 독립성을 보장해 준 것은 판결의 공정성이 민주사회를 지탱하는 기본원리이기 때문이다. 신은 '인간의 마음을 보지만, 인간은 겉모습을 본다'는 말은 지금까지도, 앞으로도 변하지 않는 진리다. 정의의 여신 '디케'는 신이다. 그래서 눈을 가리든, 안 가리든 인간의 마음을 볼 수 있기에 정의로운 재판이 가능하다.

하지만 현실에서 법을 집행하고 만들고 지키는 사람, 법을 이용하고 악용하는 사람들은 신이 아니다. 그래서 사람의 겉모습을 본다. 겉모습은 시대와 상황에 따라 다르다. 어떤 때는 외모나 인상으로, 어떤 경우는 돈과 권력, 학연, 혈연, 지연의 모습으로 옷을 갈아입는다.

이처럼 학연, 지연, 혈연이라는 이름으로 그럴듯하게 포장한 끈적끈적한 의리로 뭉친 것이 인간의 세상이다. 따라서 법이 힘있는 자의 편이고, 힘없는 자에게는 가혹했다.

이에 반해 인공지능은 어떻게 진화해 갈 것인가? 4차 산업혁명 초기에는 인공지능을 바탕으로 한 로봇을 인간생활의 도구로 활용하겠지만, 기계인간은 놀라운 속도로 진화를 거듭하여 인간과 기계인간의 상생(동반자) 시대에 이를 것이다.

한 세대가 지나기 전에 인공지능은 상상으로 가능한 모든 영역에서 인간과 협력하고, 때로는 경쟁하면서 공존해 갈 것이다. 로봇이 인간의 명령에 절대적으로 복종함으로써 인간이 일방적으로 로봇을 통제하고 지배하는 초기 단계를 넘어 로봇견, 로봇도우미, 로봇군인, 로봇공무원, 로봇애인, 로봇상사 등 일상의 모든 영역에서 커다란 변화가 일어날 것이다.

나아가 기계인간은 일상의 산술적 수준에서 인간보다 더 공정하고 윤리적인 판단과 결정을 함으로써 인간과의 신뢰구조를 더 단단히 구축해 갈 것이다.

하지만 아무리 인공지능이 놀라운 속도로 발달하여 힘과 지능은 물론 산술적인 수준에서 인간보다 더 공정하고 윤리적인 판단과 행동을 할지라도 진정한 정의나 공정의 실현에는 한계가 있다. 따라서 존 롤스가 말한 '힘없고 가난한 사회적 약자를 더 지원하고 배려'하는 진정한 정의가 실현되는 세상을 위해서라도 사람들이 인공지능 판사보다 뜨거운 피가 흐르는 판사를 더 신뢰할 수 있기를 기대한다.

두 번째 이야기, 그림자 공포와 칠면조 효과

4차 산업혁명 시대가 본격화되면 돈과 권력에 더해 미래 시대가 필요로 하는 능력을 지닌 초인간(슈퍼스타)은 삼손의 힘, 비욘세의 몸매, 정우성과 엘리자베스 테일러의 얼굴, 스티브 잡스의 창의력, 아인슈타인의 머리에 진시황이 꿈꾸었던 불멸의 삶을 기대할 수도 있다.

그렇지만 대부분의 사람들에게 4차 산업혁명시대의 도래는 미래의 불확실성을 증폭시키는 두려움이자 '그림자 공포'다. 공포가 그림자처럼 들러붙어 떨어지지 않는 사회에서 멘탈붕괴는 필연적이다. 그럼에도 불구하고 상상초월의 두려움을 이기는 길은 그 이상의 상상력과 창의력을 발휘하면서 준비하고 대응하는 것이다.

하지만 일상에서는 4차 산업혁명에 대한 과도한 장밋빛 전망과 실행력이 뒤따르지 않는 일부 전문가들의 뜬 구름 잡는 담론만 횡행한다. 하여, 사람들은 '나는 괜찮겠지' '어떻게 되겠지' '국가가 어떻게 해 주겠지' 등등 방관자적 태도만 견지할 뿐, 개인과 국가차원에서 미래의 변화에 대비하려는 적극적인 노력은 보이지 않는다.

분명한 것은 치밀하고 충분한 준비없이 맞이한 4차 산업혁명 시대의 도래는 추수감사절 식탁에 놓일 칠면조처럼 인간의 운명을 한치 앞을 모르게 만들 것이다. '터키 이펙트(turkey effect, 칠면조 효과)'다. 이 말은 앞날에 대한 두려움 없이 일상을 즐기던 칠면조가 추수감사절에 풍성한 식탁의 제물이 되는 것처럼 인간도 "지금까지 일어나지 않았으니 앞으로도 일어나지 않을 일"이라고 착각하다가 한순간에 목숨(일자리)을 잃게 될 것이라는 의미다.

미래 일자리 시장에서 인간의 운명은 이처럼 풍전등화風前燈火다. 그러니 운명 앞에 겸손함을 보이는 동시에 운명에 반항해야 한다. 철저하게 준비하고 강력하게 저항해야 한다. "지금까지 일어나지 않았으니까 앞으로도 일어나지 않을 것"이라는 자만과 착각에서 벗어나 불확실한 미래를 촘촘히 준비하고 철저히 대비해야 한다.

세 번째 이야기, **유토피아의 환상**

4차 산업혁명이 본격화되면 인간은 놀고먹는 '유토피아'가 올 것이라 예상하는 사람도 있다. 하지만 기계인간이 인간노동을 대체하면서 발생하는 완전실업은 이상향의 유토피아가 아니라 '디스토피아'가 될 가능성이 높다. 나아가 '사람은 10시간 일할 수는 있어도 10시간 춤출 수는 없다'는 말처럼 노동 없이 주어진 자유는 고통의 시간으로 바뀔 가능성이 크다.

결국 인간에게 해는 입히지 않고 유익함만 주면서 절대 복종하는 기계인간을 노예처럼 부려먹으면서 놀고먹는다는 생각은 돈과 자본을 가진 극소수의 초인간에게만 가능한 망상이다. 4차 산업혁명 시대에 모든 거래는 생산자와 소비자가 직접 연결되면서 중간상인이 사라지고 사회의 중간역할을 하는 계층도 사라진다. 건강한 사회를 지탱하는 기둥인 중간계층의 몰락은 사회적 안정의 완충지대(Buffer zone)가 노화로 닳아진 무릎연골처럼 사라지게 할 것이다. 중간이 사라진 자리는 인공지능이라는 로봇이 채우고, 로봇으로 대체되는 못하는 하위 영역은 잉여인간으로 채워질 것이다. 이처럼 완충지대가 사라지면 필연적으로 세대간, 계층 간의 갈등이 증폭된다. 중간계층의 몰락을 넘어 대부분의 인간이 기계인간에게 지배받는 최악의 시라니오가 현실화될 수도 있다.

해답은 중간계층의 활성화에 있다. 중간이 점점 사라져 가는 세상에서 중간계층이 튼튼하게 되살아나야 우리 사회는 다시 진화하고 성장할 수 있다. 그 불가해한 해법을 찾아가는 여정이 우리의 미래다.

네 번째 이야기, **기계의 인간화 vs 인간의 기계화**

인간의 기계화는 초기에 웨어러블(wearable) 수트를 시작으로 몸에 인공지능 장치의 장착이나 교체를 통해 급속도로 진행될 것이다. 인간의 기계화와 기계의 인간화는 어느 지점에서 서로 대등한 수준이 되지만, 시간이 지날수록 기계의 인간화 속도가 인간의 기계화 속도를 앞질러서 인간보다 대부분의 능력에서 앞서게 된다.

이런 상황이 도래하면 인간은 교육, 산업 및 서비스, 전쟁, 문화 등 모든 영역에서 인공지능에 기반을 둔 기계인간에게 의존할 것이고, 기계인간에 의존하지 않으면 생존도 어렵게 될 것이다.

이기적인 인간은 후대를 생각하지 않는다. 이런 문제를 예상한다고 해도 4차 산업혁명이 가져다주는 풍요의 이익을 포기하지 않을 것이기에 기계의 인간화와 인간의 기계화는 불가피하다. 누구도 그 흐름을 막을 수는 없다. 이런 시대에 인권이나 인간답게 살기를 외치는 것은 '유리벽 속의 외침'일 뿐이다.

다가올 미래에 대한 즉각적 대응과 철저한 준비를 하지 않으

• 생각을 벗 삼아

면 조만간 닥쳐올 미래는 자본과 기술을 통제할 수 있는 절대권력을 가진 소수의 '초인간'과 대다수의 '열등인간'으로 나뉠 것이다.

하지만 돈과 권력을 가진 지배세력은 인류 공멸에는 큰 관심이 없다. 그들이 누릴 '불멸의 삶'만을 꿈꾼다. 따라서 그들은 삼일천하로 끝날지라도 '호모 데우스'가 되려는 열망을 포기하지 않는다.

다가올 4차 산업혁명의 시대에 인간이 가진 가장 강력한 생존무기로 공감과 창의력을 말하는 사람이 많다. 하지만 인간들이 모든 것을 축적된 데이터 정보에 의존한다면 생각하는 힘과 공감하는 능력이 점점 퇴화되어 인공지능은 따라올 수 없다고 자신했던 공감력이나 창의력도 그 칼끝은 무뎌지고 기대와는 달리 큰 힘을 발휘하지 못할 수도 있다.

인간은 머리의 승부가 아니라 가슴의 승부다. 100미터 달리기에서는 가슴이 먼저 결승선을 통과해야 한다. 이와 유사한 맥락으로 4차 산업혁명 시대에서 살아남은 방법은 가슴으로 느끼는 공감과 사랑의 회복이다. 그것이 인간이 기계를 지배하는 유일한 방법이다. 인간의 고독과 아픔에 대한 공감의 피가 흐를 때, 그 어떤 시대에서도 인간은 몰락하지 않을 것이다.

문명의 몰락은 타인의 고통과 슬픔을 공감하지 못할 때 시작된다. 공감력이 마비된 인간은 감동할 줄 모르는 동물이나 기계와 다를 바 없다. 인간이 가진 최고의 장점이라고 믿었던 공감력에서조차 경쟁력을 잃는다면 초기계인간에 의한 지배시대가 더욱 앞당겨질 것이다.

극단적인 경우지만, 이는 인간보다 높은 지능과 공감력을 가진 초기계인간에게 지배를 받는 비참한 모습이다. 인간다운 인간으로 살아가는 것을 포기한 대가다.

다섯 번째 이야기, '환경과 가난' 이중 고통의 시대

자본주의 사회에서 가장 무서운 게 극심한 가난이다. 가난은 모든 것을 파괴한다. 비위생적 주거환경, 미세먼지가 뒤범벅된 일자리 환경에서 건강은 악화되고 더 자주 병에 걸린다. 비위생적인 업무환경으로 인해 필연적으로 수반되는 잦은 병원왕래는 불안정한 일자리마저 밀려나기 쉽다. '빈곤의 악순환'이다.

'엎친 데 덮친 격'으로 가난에 더해 환경오염이란 거대한 재앙이 숨통을 조여오고 있다. 최근 〈파이낸셜 타임즈〉에 따르면 세계 3대 오염도시에 중국의 베이징, 인도 뉴델리 그리고 서울이 포함된다.

사랑하는 이를 떠나보낸 격한 슬픔에 숨이 막히는 것도 아니고, 미세먼지 때문에 마음껏 숨 쉴 수 없는 환경이라면 일상적인 삶의 질과 만족도가 급격하게 떨어질 것이다. 자연의 법칙은 '뿌린 대로 거둔다'이다. 이기심으로 환경파괴를 가속화해 온

인간들이 '환경의 역습'을 당한 것이다.

궁극적으로는 모든 인간이 지배세력이나 다 같이 몰락하겠지만, 먼저 몰락하는 것은 가난한 국민이다.

아무리 환경파괴가 심각해져도 가진 자들은 걱정하지 않는다. 미세먼지 때문에 야외활동이 힘들면 자신들이 소유한 안락하고 넓은 실내에서 공기청정기를 방마다 가동하면서 일하고 운동하고 건강에 좋은 음식을 먹으면서 지내면 된다. 답답하면 상대적으로 쾌적한 환경을 유지하고 있는 외국으로 여행을 떠난다.

그러다가 미세먼지 없는 좋은 날씨를 만나면 비싼 차를 타고 상쾌한 날씨를 만끽하면 된다. 즉 그들에겐 돈이 있기에, 황사나 미세먼지로부터 도피할 수 있는 대안이 있다.

하지만 가난한 서민들은 선택지가 없다. 미세먼지로 인해 숨쉬기도 힘들지만 생존을 위해 미세먼지 유무에 상관없이 밖에서 일해야 한다. 빈곤층은 뿌연 미세먼지로 뒤덮인 거리를 걸어야 하며, 미세먼지를 뒤집어 쓴 채 지하에서, 건설현장에서, 청소차에서 일해야 하고, 황사와 미세먼지를 막아주지 못하는 더럽고 좁고 어두운 방에서 살아야 한다.

따라서 환경의 역습은 가난한 자들을 먼저 침몰시키고 훨씬 시간이 흐른 뒤에 가진 자들도 몰락시킬 것이다. 그럼에도 불구하고 환경오염 문제를 해결할 범지구적인 대응과 대책마련을 기대한다.

공감이 사라진 세상

세상에서 가장 아름다운 길은 공감과 사랑이 흐르는 길이다. "초록이 지쳐 단풍"이 들고, "여름이 번져 가을이 되듯이" '희노애락애오욕喜怒哀樂愛惡慾'이란 인간의 감정은 물이 아래로 흐르듯, 사람 사이의 마음의 길을 따라 흘러가야 한다. 감정 중에서도 특히, 공감과 사랑은 자본주의 피라미드 정점에서 저 낮은 곳으로 흘러야 하고, 낮은 곳에 있는 사람과 사람 사이를 물들여야 일상의 삶에 아름다운 무늬가 새겨지고 세상은 활기를 띈다.

4차 산업혁명이 본격화되면 세상은 두 개 또는 여러 개로 쪼개질 것이다. 쪼개진 세상은 야구장의 'VIP 박스'처럼 '박스화'된 같은 공간이면서 다른 공간이고, 같은 세상이면서 다른 세상이다.

이처럼 같은 공간이면서 다른 공간에 있는 사람들 간에는 바로 십 센티미터 앞에서 소리쳐도 들리지 않는 거대한 박스와 투명한 벽이 가로놓여 있다. 공감이 사라진 시대다.

공감이 사라진 자리에 남는 것은 낭떠러지 앞에 선 약자들의 처절한 몸부림이다. 비상구는 없다. 세상이 자본의 가치로 물들어 갈수록 그어놓은 선은 넓어지고, 쌓아놓은 벽은 높아져서 선을 건널 수 없고 벽은 넘을 수 없다.

일상을 따뜻함으로 물들이게 하기 위해서는 배려와 책임, 친절과 예의, 웃음과 행복을 위해 '공감의 가면'을 써야 한다. 공감에는 영토확장의 본능이 있다. 특히 디지털시대에 공감의 번짐은 빛의 속도로 시공간을 채운다. 공감하면 공생하고, 공감하지 못하면 공멸한다.

말로 표현해야 하는 것이 있고, 느껴야 하는 것이 있다. 공감은 말로 외치는 것이 아니라 가슴으로 느껴야 하는 것이다. 때때로 우리는 공감을 외치는 사람일수록 오히려 공감력이 떨어지는 것을 수없이 목도한다.

이처럼 현실에서는 영화 〈베테랑〉 속 형사는 존재하지 않는다. 그래서 재벌의 갑질에 대한 '이에는 이, 눈에는 눈'식의 응보적 통쾌한 복수는 일어날 수 없다. 오히려 찰나적 통쾌함만 주는 신기루 같은 공감에서 깨어나면 지배계층에 대한 싸늘한 냉소만 남는다.

이처럼 가상현실에 지나치게 의존할수록 영화나 드라마 속 세상에 대한 공감과 동일시 현상이 점점 강해진다. 문제는 짧은 환상이 끝나면 작은 열정의 불꽃마저 꺼지고, 삶에 대한 두려움과 타인에 대한 증오심은 더 커지는 데 있다. '가상공감의 역설'이다.

진정한 공감은 선한 영향력의 파급효과가 크고, 강한 생명력을 가지고 있지만 드물게 일어난다. 아프리카 굶주린 어린이의 아픔에 공감하는 것은 굶주린 경험이 있었기 때문이다. 굶주린 경험 없이 아프리카 기아 아동의 모습을 보고 눈물을 흘린다면 그것은 가상공감, 공상적 공감이며, 동정이나 연민, 일시적인 감정의 표출일 뿐이다. 동정과 연민은 적선과 베풂으로 표출되고, 공감의 행동화만이 나눔과 어울림, 희생과 연대로 나타난다.

가상공감을 줄이고 일상의 삶 구석구석에 진정한 공감을 확산시키기 위한 근본적인 해결책은 없다. '가상공감 중독'을 막기 위해서는 가상공감이 현실을 건너는 다리 역할에 머물도록 해야 한다. 아울러 주어진 현실에 대한 긍정적 수용과 함께 가상현실에의 지나친 의존에 대한 '과감한 절제'가 필요하다.

질서의 가치,
창조의 가치

•

○

사람들이 무리지어 달려온다. 나도 그 무리를 따라 달린다. 알고 보니 들소떼를 피해 달아나는 것이다. 무리의 행동을 따라갈 때 생존에 유리하다. 대세에 편승하고 패거리에 합류하는 것이 생존가능성을 높인다. 나는 이들이 사회를 유지하는 주축이라 본다. 그들이 안전과 안정이라는 '질서의 가치'를 이끈다.

그럼에도 불구하고 세상은 "무소의 뿔처럼 혼자서 걸어" 간 소수의 이단아에 의해 발전하고 성장했다. 그들이야말로 도전과 창의란 '창조의 가치'를 이끄는 세상의 중심이다.

'살아남으려는 자'와 '살아가는 자'가 만들어가는 '질서의 가치'와 '창조의 가치'는 세상을 굴러가게 하는 두 개의 수레바퀴다. '질서의 가치'와 '창조의 가치'는 우열이나 상하의 관계가 아니며, 조화와 균형의 관계다.

'질서의 가치'는 안전과 안정을 중심으로 책임과 예절, 질서와 친절은 물론 복종과 충성이다. 이런 가치의 실행이 맹목성이 아닌 진정성에 기반을 둔다면 사회를 지탱하는 중요한 축이 된다. 이런 '질서의 가치' 위에서 도전과 창의, 상상력이라는 '창조의 가치'를 쌓아야 튼튼하면서도 활기 넘치는 사회체제가 완성된다.

영국의 건축수명은 141년, 미국은 102년 한국은 25년이라고 한다. 만약 그 나라 건물 수명이 국민의 수명이라면 어떤 일이 벌어질까. 아마 지금처럼 부실덩어리 건물을 세우지는 않을 것이다.

건물은 사회적 신뢰요 약속이다. 법과 제도, 시스템도 마찬가지다. 이러한 신뢰와 약속이 무너질 때, 겉으로 단단해 보이는 철옹성도 모래성처럼 무너져 내릴 것이다. 세월호도 삼풍백화점도 뿌리 깊은 채용비리까지 그런 예는 수없이 많다. 일상을 안전하고 안정적으로 굴러가게 하는 '질서가치 체계'의 정상적 작동은 기본적인 생존보장으로 '사람이 굶어 죽지 않는 사회'에 대한 약속을 전제로 한다.

그래서 생존기반 구축을 통한 사회적 신뢰 제고를 위해 기본수당제도 등의 도입이 필요하다. 이를 통해 '질서의 가치'가 잘 작동된다면 '창조의 가치'도 시너지효과를 일으켜서 4차 산업혁명시대의 '신 르네상스'가 꽃필 수 있을 것이다.

거대한 반전

얼마 전 '거대한 반전'이란 특집방송을 봤다. 영국을 필두로 한 서양제국들의 중국 진출과 아편 전쟁으로 세상의 중심이라고 자만했던 중국의 몰락, 그리고 중국을 필두로 다시 거대한 반전을 꿈꾸는 아시아 열강의 희망을 담았다.

새로운 기술과 새로운 세계에 대한 도전으로 포장되었을 뿐, '창조적 가치'로 무장한 영국이 차와 설탕 등 노다지 상품을 얻기 위해 중국과 신대륙을 탐욕충족의 제물로 삼은 것이라는 생각이 들었다. 이처럼 모험과 도전이란 '창조적 가치'로 무장한 제국주의가 많은 국가와 국민들을 '질서의 가치'로 포장한 복종과 예속이라는 비참함으로 내몬 것이다.

영국은 산업혁명의 우수한 기술력을 담아 속도, 화력, 기동력이 뛰어난 함선으로 중국의 목선을 무참히 박살내고, 그들의 이익을 위하여 '천국의 쾌락, 악마의 고통'이라는 아편을 중국인에게 팔아 떼돈을 벌 수 있는 차를 약탈해오는 역사상 가장 비열한 '아편전쟁'을 벌였다. '창조의 가치'와 '질서의 가치'가 '제국주의'와 결합해 비열함을 넘어 중국인에게 지울 수 없는 상처를 남겼다.

이처럼 창의와 도전이라는 '창조의 가치'도 이기심과 탐욕적 욕망을 앞세우면 약자나 약소국의 짓밟음과 고통으로 이어진다. '창조의 가치'에 상생과 협력은 물론 배려와 책임, 절제와 나눔이 필요한 이유다.

제국주의 시대에 서양열강이 주축인 된 가해국과 피해국의 왜곡된 '창조의 가치'와 변질된 '질서의 가치'를 극명하게 가른 것은 산업혁명으로 촉발된 기술의 불균형이었다면, 지금 '인공지능 기술의 격차'로 촉발될 불균형은 그때와 비교할 수도 없다.

강대국에 의한 길들여짐은 머리카락을 잘린 삼손처럼 나약함과 두려움을 극대화시켜 무력감에 빠지게 한다. 이런 현실을 직시하고 이제부터는 우리의 운명이 미국이나 주위 열강에 의해 휘둘리는 형국에서 벗어나야 한다. 그래야 4차 산업혁명 시대를 창의와 공감, 도전과 열정이라는 '창조의 가치'로 무장하여 대한민국의 미래를 선도할 거대한 반전을 이룰 수 있다.

이처럼 창조의 가치를 확산시켜 새로운 시대의 최강자가 되기 위해서는 먼저 겉으로 적대적이고 상반된 것처럼 보이는 두 개의 '가치' 간의 균형과 협력이 이루어져야 한다. 따라서 '질서의 가치'와 '창조의 가치' 간에 톱니바퀴처럼 정반합正反合의 원리가 작동되어야 한다.

나아가 기성세대와 미래세대의 가치 간에 윈-윈 관계가 형성되고, 여성과 남성 사이에도 조화의 균형을 통한 상호존중이 확산돼야 한다. 이처럼 서로의 '본원적 가치'를 깊고 풍부하게 만들어 줄 때 미래 사회발전의 핵심엔진인 창의력이 확산되어 일상을 활기와 활력으로 물들인다.

'창조의 가치'을 회복시킬 또 하나의 방법은 젊은 세대에게 상상력을 펼칠 수 있는 기회의 장을 열어주는 것이다. 교육현장과 일상에서 기성세대와 젊은 세대가 '위계적 관계'가 아니라 '대등한 관계'로 토론하고 대화할 수 있는 문화가 뿌리 내릴 때, 우리는 '창조의 가치'로 무장한 새로운 시대의 주인공이 된다.

철학적 삶으로의 전환

종교는 철학과 과학, 정치나 경제, 문화처럼 사회를 지탱하고 삶에 활력과 새로운 정신을 불어넣어야 한다. 그래서 종교는 바다처럼 모든 것을 포용해야 하고, 사찰에 매달린 '풍경' 속 물고기의 눈처럼 항상 깨어있어야 한다.

힘없고 가난한 자들의 고통과 아픔에 둔감하고 무관심한 종교는 존재의 가치가 없다. 나아가 사람사이에 선을 긋고 가르고 나누고 색칠하는 종교는 죄악이다. 종교는 낮은 곳을 향해야 한다. 종교가 돈과 권력이 있는 높은 곳을 향하고, 위쪽으로만 시선을 고정시킬 때 그것은 종교란 이름의 또 다른 '기득권'일 뿐이다.

참된 종교가 기득권을 내려놓고 신에 대한 절대적 믿음을, 과학이 세상에 대한 절대적 진리를 추구한다면 철학은 열린 사고를 토대로 한 창조적 삶과 세상을 지향한다. 따라서 창조력의 가치가 절대적으로 요구되는 4차 산업혁명의 시대에는 종교적 삶에서 철학적 삶 중심으로의 전환이 요구된다.

철학은 본질적으로 다양성의 충돌과 화합, 공론화를 통한 논쟁과 대화를 기반으로 합리적 해결을 모색한다. 따라서 진정한 철학에는 맹신이나 광신, 독단도 존재하지 않는다. 철학은 나와 너의 생각 속에서 끊임없이 샘솟는 의문의 분출과 질문들의 충돌을 거쳐 융합의 성과를 창출하는 창조적 행위이며, 성장과 성숙에 이르게 한다. 철학은 한마디로 생각과 생각을 연결하는 움직이는 다리이며, 세상과 소통하는 열린 대문이다.

창의력은 훈련과 연습의 결과다

창의력은 타고나는 것보다 훈련과 연습의 결실이다. 창의성은 단순모방의 시내를 건너고 벤치마킹의 강물을 지나 나만의 깊은 깨달음의 바다에 도달해야 얻어진다. 따라서 어울리지 않아 보이는 것들과의 다양한 연결에 대한 끊임없는 고민과 질문, 수많은 시행착오와 실패, 냉혹한 시선을 견뎌야 한다.

창의력은 또한 공감과 배려라는 열린 마음에서 태동한다. 예전엔 에디슨처럼 괴팍하거나 은둔형 외톨이가 창의적인 경우도 있었지만 지금은 누구와도 어울릴 수 있는 성숙한 인격체가 보다 창의적이다.

창의력 증진에는 외우기도 필요하다. 따라서 배우려는 의지와 호기심이 충만하고 의자에 앉아 오래 버틸 수 있는 엉덩이 힘이 강해야 한다. 하지만 창의력은 외우기를 넘어 '생각의 되새김질'이라는 고민과 질문의 과정이 더 강하게 요구된다.

설레지 않는 사랑은 죽은 사랑이듯, 활용되지 않는 지식은 죽은 지식이다. 지식에 살아 숨 쉬는 생명력을 불어 넣는 것이 상상력이고 창의력이다.

하늘에서 떨어진 창의적 발상이나 아이디어는 존재하지 않는다. 모든 아이디어는 고민과 질문, 다양한 실패와 성공의 경험을 통해서 만들어진다. 에너지의 집중과 노력 없이 창의성을 기대하는 것은 연목구어緣木求魚일 뿐이다.

따라서 대중교통을 이용할 때, 교정을 걸어갈 때, 산에 오를 때, 산책할 때, 책을 음미하면서 읽을 때 등 떠오르는 생각이 있으면 즐겁게 고민하고 기록하라. 그것이 '창의적인 삶'의 기본이다.

"철학은 한마디로
생각과 생각을 연결하는
움직이는 다리이며,
세상과 소통하는
열린 대문이다."